GABY BRANDALISE

intrínseca

Copyright © 2024 Gabriela Brandalise
Publicado mediante acordo com Increasy Consultoria Literária Ltda.

PREPARAÇÃO
Luara França

REVISÃO
Anna Clara Gonçalves

LEITURA SENSÍVEL
Luis Girão

DIAGRAMAÇÃO E PROJETO GRÁFICO DE MIOLO
Julio Moreira | Equatorium Design

ARTE DE CAPA
Ju Kawayumi

DESIGN DE CAPA
Larissa Fernandez Carvalho e Leticia Fernandez Carvalho

CIP-BRASIL. CATALOGAÇÃO NA PUBLICAÇÃO
SINDICATO NACIONAL DOS EDITORES DE LIVROS, RJ

B816m
Brandalise, Gaby
    Minha vida é um k-drama / Gaby Brandalise. - 1. ed. - Rio de Janeiro : Intrínseca, 2024.
    224 p. ; 21 cm.

    ISBN 978-85-510-0965-9

    1. Romance brasileiro. I. Título.

24-92307
CDD: 869.3
CDU: 82-31(81)

Meri Gleice Rodrigues de Souza - Bibliotecária - CRB-7/6439

[2024]
Todos os direitos desta edição reservados à
EDITORA INTRÍNSECA LTDA.
Av. das Américas, 500, bloco 12, sala 303
22640-904 – Barra da Tijuca
Rio de Janeiro – RJ
Tel./Fax: (21) 3206-7400
www.intrinseca.com.br

ESTÁVAMOS NA AULA DE EDUCAÇÃO FÍSICA, JOGANDO FUtebol. Eu tinha acabado de dar uma voadora na garota que sempre usava camisetas de bandas de rock. Agora, a cara pálida da menina me dava a sensação de que não ia demorar muito para descobrirmos o que ela tinha comido no café da manhã.

Juro que foi sem querer. Fui para cima da bola com muita vontade, e minha canela acertou em cheio a escada para o céu estampada na camiseta do Led Zeppelin. Para ser sincera, eu tinha quase certeza de que a menina não ouvia nenhuma daquelas bandas.

— Hey, people do meu heart! Aqui é Poli Pamela, começando mais um vídeo do canal. E uaaau! Uma garota acabou de dar um chutão no peito da outra no meio da minha aula de Educação Física!

Eu não acredito que a influenciadora do colégio estava fazendo um vlog sobre a minha microtragédia escolar.

— É por isso que prefiro ser sedentária, gente. Esportes são muito perigosos. Mentira, galera! Estou brincando, ok? Façam atividade física sempre, porque é muito, muito importante. Diquinha da Poli, polers.

Eu nem precisava me virar para saber que Poli Pamela estava com os olhos esbugalhados iguais aos de um társio das Filipinas, fixos na lente da câmera que estava apontada para onde? Para ela mesma, claro. Apesar do caos instaurado, a garota não mexeu um dedinho para mover a câmera e mostrar a confusão. Na verdade, acho que tudo era meio assim no universo de milhões de seguidores dela.

— Ei, guria, você está passando mal? — perguntei, baixinho, um pouco nervosa.

A coitada não queria vomitar na frente do colégio inteiro, pressionando a barriga como se tentasse com todas as forças conter um sangramento.

Então, o apito que ouvíamos todos os dias tocou. Era tão alto que parecia que um navio estava atracando na quadra coberta. Era a fábrica de doces do lado do colégio — uma das mais tradicionais de Curitiba, que há mais de cem anos intoxicava jovens e crianças.

A fumaça deixava um cheiro gosmento de caramelo misturado com leite condensado, doce de leite e morango, tão pegajoso que chegava a grudar no cabelo.

Eu me lembro de quando comecei a estudar na escola e senti aquele cheiro pela primeira vez. Achei delicioso. Era tipo comer jujuba pelo nariz. A paixão terminou uma semana depois, quando eu já preferia o cheiro da peixaria da esquina àquela fumaça que mais parecia uma máscara sufocante feita de açúcar.

A menina da camiseta de rock aspirou com força o ar gelatinoso, bem quando o aroma mudou para algodão-doce de baunilha, tutti-frutti e mel. Não deu tempo de correr. A ânsia acertou a garota de vez e o vômito saiu em borbotões. Lá estava o café da manhã dela esparramado pela quadra, mas, de perto mesmo, só quem viu tudinho foram o meu tênis, que ficaram submersos em uma piscina de pão, queijo e presunto semidigeridos.

Virei o rosto para não olhar a poça de ex-comida, mas era impossível ignorar o que já escorria pela minha meia do pé direito.

Sei lá por quê, mas naquele momento me ocorreu que se eu estudasse no período da tarde, aquilo não teria acontecido, já que a fábrica só produzia doces pela manhã (obrigada, prefeitura, pela intervenção judicial a pedido dos moradores que não aguentavam dormir sufocados pelo aroma de baunilha e mel, ou morango e gelatina, ou... ah, qualquer coisa doce).

Que sorte a minha.

— Desculpa — resmungou a menina.

Só que eu nem prestei atenção ao que ela tinha dito. Estava desesperada demais me dando conta de que, de fora da quadra, Gustavo observava aquele desastre. Os olhos grudados nos meus pés. A expressão dele, meu Deus! Era como se eu tivesse me metamorfoseado da panturrilha para baixo, minhas pernas se transformando em patas peludas de barata.

O cheiro mudou de novo e, de repente, eu respirava pasta de amendoim fervida com xarope sabor torta de limão e chocolate belga. A transição do ar de estado gelatinoso para pastoso foi tão atordoante que eu tive uma espécie de epifania a respeito da minha existência.

Finalmente eu havia compreendido por que assistia a tantas séries. Porque minha vida, no final das contas, não tinha *plot twists* decentes. Nenhuma notícia inesperada de que me tornei a próxima na linha de sucessão ao trono. Zero chance de minha mãe ganhar na loteria e, preocupada com o meu futuro, me matricular numa escola de elite em que eu teria que investigar o caso de uma aluna popular e amada por todos que desapareceu misteriosamente durante as férias de verão.

Até porque minha mãe era completamente contra loterias e outros jogos de azar. E açúcar refinado. E cardápios com QR Code.

A coisa mais emocionante que havia acontecido comigo naquela semana era a garota que se vestia igual a uma adolescente rebelde de filme dos anos 1990 vomitar um falecido misto-quente no meu pé.

Pois é, desanimador... E, parando para pensar, a parte interessante da minha vida era o que acontecia com meus personagens favoritos da TV.

— Sério, desculpa — gaguejou a garota de camiseta de rock, a cor retornando ao rosto.

Às vezes, eu tinha a sensação de que não ia sobreviver a tanto marasmo. De que, um dia, ia morrer engasgada com uma vida tão...

— Não tem problema — respondi, vendo meus pés afundando naquele lodo estomacal.

... morna.

Senti o peso de um olhar na minha nuca. Era um aluno me encarando. O garoto baixou o capuz do moletom para ajeitar os fones de ouvido e saiu andando. Usava calça jeans rasgada nos joelhos e parecia aborrecido, como um Edward Cullen que estudava fazia séculos numa escola de mortais sem nunca encontrar sua Bella Swan (alguém ainda se lembrava da existência de *Crepúsculo*?). Pelo que o pessoal comentava, ele era coreano e tinha entrado na escola no início do ano. Nasceu na Coreia do Sul, mas os pais haviam se mudado para Curitiba sei lá por quê. Mas ninguém precisava de todos esses detalhes para saber que aquele garoto tinha evidentes limitações sociais. Por isso andava por aí com o capuz do moletom escondendo o rosto. Para parecer misterioso, demonstrar a frieza de sua personalidade e esnobar todo mundo só porque era o melhor aluno em Matemática e Química.

— Talita, seu celular está fazendo barulhinhos! — gritou Violeta, chacoalhando meu aparelho no alto e sorrindo feito uma criança satisfeita. — Ih! Dá para ver o nome do alarme na tela bloqueada. Deixa eu ler aqui. — Em movimentos lentos, ela fingiu ajeitar óculos invisíveis, como uma vovozinha. — Remédio de gases, Talita!

Em seguida, Violeta correu dando gargalhadas de hiena, balançando meu telefone como se fosse uma bandeira. Sério, por que ela fazia isso? Que saco! Violeta vivia pegando as minhas coisas! Tudo bem que eu tinha deixado meu casaco na arquibancada, antes de ter o tênis empapado de suco gástrico, mas como ela *ousou* fuçar os bolsos?

— Violeta! — chamou a inspetora, tão alto que, se a vida fosse uma animação infantil, o cabelo grisalho da mulher teria ficado de pé igual ao do Einstein. Mas, como a vida não era nada animada, pelo menos não na minha escola, só fui agraciada com uma cara de bronca mesmo. — Ai, mas essa menina é um poço de desfaçatez.

Violeta deu uma rosnadinha, como se fosse um esquilo furioso da Disney (pior que achei fofo).

O sinal tocou. A aula de Educação Física finalmente tinha terminado.

No caminho até o banheiro, notei o vômito se misturando à sujeira da minha meia e virando uma espécie de segunda sola. Era como se eu tivesse calçado um pântano.

— Poço de desfaçatez — repeti em voz alta.

Eu precisava anotar aquilo. Só não tinha feito isso ainda por causa da Violeta. Faltava pouco para eu completar a lista de "5 expressões para impressionar o Gustavo". Após ele ter presenciado aquela belíssima cerimônia de lava-pés na aula de Educação Física, eu ia precisar dessa lista mais do que nunca.

Mas, antes de tudo, eu tinha que cruzar o campo de futebol, entrar no prédio da escola e completar meu trajeto até o banheiro para tirar tudo aquilo de dentro do meu tênis.

— Tá mancando por quê, garota? Caganeira? — perguntou um menino da minha sala.

Em outras circunstâncias, eu não teria sido tão amarga com ele por fazer uma piadinha idiota. Mas vômito no sapato podia ser tão desorientador quanto Danny Griffin em *Fate:*

A Saga Winx. Não que eu tivesse visto essa série. Tudo bem, eu até tinha visto, mas não prestei tanta atenção. Minha mãe dizia que romances e fantasias eram histórias pobres de roteiro e raquíticas de densidade. E minha mãe estava sempre certa sobre arte. Não que Danny Griffin fosse arte. Nem ele, nem o corpo dele, nem a sua habilidade com armas medievais. Claro que não. Ele também passava *longe* de ser belo como uma estátua de mármore daquelas de museu. De jeito nenhum. Nem um pedacinho sequer.

— Caganeira? Acho que você está projetando nos outros o que tem aí dentro da sua cabeça.

Meu sarcasmo fez o ar ficar tão denso que daria para cortá-lo com uma faca. Danny Griffin voltou à minha mente: ele nas cenas girando as espadas… Ai, ai… Foca, Talita!

Bem na hora em que dei minha resposta icônica para o chato, subindo a escada, meu tênis do pé direito soltou um peido.

Que ódio!

O garoto foi embora rindo de mim, vitorioso, comprovando que a sorte havia me abandonado naquele dia, ou talvez para sempre. Eu não podia nem fingir que estava conversando com alguém no celular, porque a sem-noção da Violeta tinha pegado o aparelho.

Mais um degrau, um novo peido. Mais alto e pastoso. Ouvi risadas, mas tentei fingir que tênis peidando era a última tendência, algo muito comum em qualquer guarda-roupa que se prezasse. Era assim que eu lidava com meus constrangimentos: fingindo que tudo era parte do cenário e do figurino da série de baixo orçamento que era minha vida.

Quando cheguei à entrada do colégio, um prédio com quatro andares de salas de aula, além de uma quadra esportiva, um bosque e um pátio, ouvi a voz arrastada da Poli Pamela de novo. Eu, burra, me virei para olhar, dando exatamente o que ela queria: atenção.

Meu Deus! Ela se movia como um slime nervoso. Narrava naquele vlog infinito o dia a dia na escola como se estivéssemos num videoclipe faraônico da Taylor Swift. Não que eu ouvisse Taylor Swift. Tudo bem, eu até tinha ouvido uma música ou outra. Mas definitivamente não achava *Folklore* uma obra-prima. Nem já sabia de cor as músicas do *The Tortured Poets Department*. Preferia Chico Buarque ou bandas indie, principalmente as... Ei! Espera! A câmera do celular da Poli Pamela estava virada para mim?

Na sequência, só vi aquele olho arregalado vindo ao meu encontro, acompanhado de pura inconveniência.

— Talita! Que nojo! — Ela apontou a câmera para os meus pés. — Polers, esses são os tênis vomitados da Talita. Tênis vomitados da Talita, esses são os polers.

Ela não filmou meu rosto, claro. Afinal, os sapatos que peidavam eram mais interessantes do que eu.

Nossa, como eu odiava a Poli Pamela, aquele aspirador movido a energético.

Um grupo de garotos passou rindo, imitando a voz da influenciadora:

— Diz "oi" para o pessoal do canal, Talita!!! Oi, polers!!!

Mas Poli Pamela não perdeu tempo. Na mesma hora subiu a câmera dos meus pés de pântano para meu semblante de extrema infelicidade. Por sorte, a vergonha fez meu corpo se mover sozinho e depressa, e minhas mãos pularam para o rosto antes que minha algoz o filmasse.

Garota ridícula.

Algumas meninas com *scrunchies* nos pulsos, aglomeradas na porta de uma das salas do primeiro ano, levantaram os olhos dos estojos de maquiagem cheios de adesivos da Hello Kitty e olharam para mim. Fiquei tocada pelas caretas de pena. Brigadão, gente. Quem sabe eu e elas até poderíamos ser amigas depois daquele episódio desgraçado do meu dia?

♥ ♥ ♥

A inspetora desfez aquele aglomerado de gente no final do intervalo, dando ordens para que todos voltassem para as salas.

Entrei no banheiro e, chocando um total de zero pessoas, lá estava a baixinha da Violeta, sentada em cima da pia. Provavelmente tinha parado ali fugindo da inspetora. A senhorinha já devia ter desistido de procurá-la, afinal, vamos combinar que o banheiro feminino não era lá um grande esconderijo.

Aliás, meu celular também estava ali, saltitando de uma mão da Violeta para a outra. Ela abriu um sorrisão ao ver minha cara brava.

— Garota, esse celular tá novinho. Me devolve agora! — falei.

As pernas dela dançavam no ar, a mão que segurava o aparelho erguida. Parecia uma criançona. *De novo.*

— Violeta, está na hora de você começar a agir de acordo com a sua idade. Você vai fazer quinze anos! Por favor!

— A roqueira vomitou no seu pé. Talvez seja um sinal.

Ainda sentada na pia, as perninhas magrelas iam e vinham, como se ela fosse um besouro caído de costas.

— Sinal do quê?

— De que você não é tão "pé no saco". Só "pé no vômito" mesmo — brincou ela, com uma risadinha, se sentindo muito inteligente pelo trocadilho.

— Violeta… isso não faz o menor sentido. — Fui até bem-educada na resposta. — Me devolve o celular.

— Só devolvo se você prometer que vai ser minha *melhor* amiga.

Sério. Insuportável.

— Nós somos… amigas — respondi, sorrindo.

Então dei início ao ritual para limpar meu tênis.

— Somos nada. Amigas passam todos os intervalos juntas, sabe? — rebateu Violeta.

Foi aí que ela saltou da pia, fascinada pela meia pantanosa que eu tinha acabado de tirar e jogar no lixo, e me entregou o celular.

Por que de repente eu não sentia mais vontade de estrangulá-la? Acho que eram as sardas nas bochechas, que faziam qualquer coração amolecer, e também o pacotinho de bolacha que ela tinha acabado de tirar do bolso e me oferecer, o que era meio nojento, parando para pensar.

— Ei, posso te ajudar com uma coisa se nós virarmos melhores amigas — ofereceu Violeta.

— Com o quê? — perguntei, desconfiada. Recusei o pacotinho, porque pegar qualquer alimento sem lavar as mãos não seria uma boa ideia, ainda mais no banheiro. — Por acaso eu pareço precisar de ajuda? Estou ótima, Violeta.

Então, comecei a esfregar os cadarços, e Violeta não pareceu nem um pouco incomodada. Qualquer pessoa já teria saído correndo com o cheiro azedo que subia do meu tênis.

— Com as suas mensagens de WhatsApp — explicou ela, dando um sorrisinho envergonhado.

Minhas mensagens? O que tinha de errado com as minhas mensagens?

— Uau, eu nunca tinha visto vômito dessa cor — comentou Violeta. — Parece até que a garota comeu omelete com urânio no café.

Ela retorceu a cara e bateu palminhas, obcecada pelo amarelo meio neon grudado na palmilha, quase *empolgada* com a cena.

— Como assim? Por que você quer me ajudar com as minhas mensagens? — perguntei, colocando o tênis cheio de sabão embaixo da torneira. Graças ao comentário da Violeta,

agora eu estava com medo de que a gosma amarela fosse mesmo radioativa. — Eu mal recebo mensagens.
— Exatamente.
Meu Deus... E o dia estava só começando.

NA ÚLTIMA AULA DO DIA, TERÍAMOS UMA PROVA. EU ATÉ QUE era boa em Língua Portuguesa, então fui a primeira a terminar. Sou uma garota de humanas, para a tristeza do meu pai, que é coach de empreendedorismo. Minha mãe nunca fala mal dele, mesmo depois que meu pai desistiu do casamento, alegando que não se sentia realizado emocionalmente. Vi um vídeo do TED Talks em que uma psicóloga dizia que, hoje em dia, as pessoas não saíam de relacionamentos por infelicidade, mas porque podiam ser *mais* felizes.

Meu pai estava viajando a trabalho fazia uns três meses. Às vezes, conversávamos por videochamada, quando ele não estava ocupado em outra conversa com a família atual. Não sei por que comecei a pensar nisso. Eu não dava a mínima para esse assunto.

Enfim… Achei as questões da prova bem fáceis. Entreguei a prova e voltei para a minha carteira.

Arrumei minhas coisas, saí da sala e peguei o celular para pesquisar na internet algumas fotos tiradas durante a gravação de um filme qualquer que nem era muito o meu estilo. Eu só queria ver o Darren Barnet sem camisa mesmo. Com uma imagem dessas, a vida automaticamente fica melhor. Digamos que pessoas que, em plena segunda-feira, já estavam com o tênis ensopado e aturaram Violeta criticar sua ausência de vida social com base nas mensagens do WhatsApp buscavam motivos para serem felizes onde podiam. Obrigada, Darren

Barnet, pela consideração de tirar a camisa e se deixar fotografar. Jamais me esquecerei desse gesto tão caridoso.

Eu já estava liberada e poderia ir para casa mais cedo, mas aí não veria o Gustavo sair da aula de Biologia usando o jaleco que tinha ganhado na Feira de Ciências no ano passado. Ele tinha conquistado o primeiro lugar com um protótipo inovador de um videogame feito de garrafa pet. Por essas e outras, o fato de eu ser apaixonadinha por ele não surpreendia ninguém.

Como eu sabia que ele tinha aula de Biologia naquele dia? Bem, talvez eu tivesse decorado os horários dele. E isso, é claro, não tinha qualquer relação com pensamentos obsessivos ou práticas na internet que envolviam vasculhar tudo que ele fazia. Minha memória era afiada, simples assim. O magnetismo que eu sentia em relação a ele era tão forte que, de vez em quando, me ocorria que tudo podia ser um sinal do universo, uma evidência de que éramos almas gêmeas. Obviamente eu estava sendo influenciada pelo lado místico da Aurora, que não perdia a oportunidade de enfiar uns signos nas nossas conversas. Eu já tinha assistido a vários vídeos de tarô no YouTube e, em todas as vezes, entre as tradicionais três opções, eu escolhia a leitura que falava sobre o encontro de almas. Sem querer exagerar nem nada, mas uma vez o jogo que tirei mencionava peças de um mesmo destino.

O sinal tocou, e o pessoal começou a sair da sala. Eu sabia que Gustavo sempre ficava uns minutinhos depois da aula de Biologia. Como ele era muito bom na matéria, era comum algum colega pedir ajuda no final com o conteú...

— Vai passar o dia aqui, Talita?

— Oi, professora Sueli! — exclamei, tentando esconder o Darren Barnet molhado e sem camisa. Olhei para cima. Ela era alta. *Bem* alta. — Espero que nenhum aluno tenha dado muito trabalho para a senhora hoje.

A coordenadora riu, e pronto: o melhor estande na Feira de Ciências, na primeira sala do colégio, estava garantido.

— Você é ótima, Talita. Amei a dica de série dessa semana. Mais uma que infelizmente não vou conseguir ver.

Quando a professora Sueli não estava postando vídeos de receitas de bolo arco-íris no Facebook (sim, ela ainda usava Facebook), ficava vendo meus stories no Instagram.

— Você lembra tanto a minha filha — comentou, com um olhar de pena. Acho que ela se compadecia da minha pobre vida de jovem da geração Z, que nasceu especialista nos avanços tecnológicos, mas completamente incapaz de lidar com interações sociais. — Deve ser por isso que você é minha aluna preferida.

Dei um sorriso sem graça e me despedi. Um resquício daquele cheiro azedo continuava vindo do meu tênis enquanto eu andava pelo corredor. Ao se misturar com aquele odor enjoativamente doce de caramelo que nunca saía do ar, fez meus olhos lacrimejaram. Era como se um deus do Olimpo estivesse cortando uma cebola podre do tamanho de um planeta bem em cima da minha cidade.

— Oi, Talita.

Era o Gustavo. Meu Deus! *Droga*.

— Tudo bem? — perguntou.

Ele estava falando comigo, ele estava falando comigo, ele estava falando comigo.

Nós conversávamos de vez em quando pela DM do Instagram, quando ele respondia meus stories (em média uma vez por semana, não que eu contasse), mas me abordar assim, no corredor, sem motivo, acontecia só em ano bissexto.

— Vim perguntar como está o seu tênis. Acha que ele vai sobreviver?

Gustavo apoiou o ombro na parede, colocou as mãos nos bolsos do jaleco e piscou com tanta força que os óculos redondos escorregaram pelo nariz e o cabelo ondulado castanho-claro caiu sobre a testa. Gustavo estava olhando para mim, *diretamente* para mim. Meu corpo inteiro começou a formigar.

Por quê?

Por que ele tinha que puxar conversa logo quando meu tênis estava cheirando a iogurte fora da validade?

— Acho que sim. Talvez eu até tenha inventado um novo modelo. Sneaker quatro queijos.

Gustavo tinha um sorriso que, se fosse um filme, seria escrito e dirigido pela Nora Ephron, a diva dos romances com humor (como eu preferia chamar as comédias românticas). Ele riu. Ele riu da minha piada. Riu da minha piada boba. Riu da minha piada boba sobre o fedor de queijo do meu tênis. Ahhhh, será que eu morri e fui parar no céu?

— Você é engraçada, Talita — comentou ele.

Em algum momento da conversa, coloquei a mão no peito, na altura do coração, e apertei forte, ainda hipnotizada pelo rosto do Gustavo, e nem me dei conta de que estava segurando o celular com a tela virada para ele. Foi só quando os olhos castanhos atrás dos aros se moveram em direção ao telefone que saí do transe da paixão.

Por motivos de Darren Barnet sem camisa.

Pressionei o aparelho contra o peito em total desespero, numa cena meio Smeagol agarrando o anel.

Ele riu (de novo) da minha reação.

— Estava vendo alguma coisa secreta? Ou... — Gustavo coçou a nuca antes de continuar. — ... conversando com algum garoto?

De repente, ele pareceu envergonhado. *Por que* o Gustavo estava envergonhado?

— Não! Claro que não! Não era garoto nenhum. Era só... o Darren Barnet...

Fiquei surpresa com a rapidez com que cedi à curiosidade dele. Até virei o aparelho e mostrei a tela. Suspirei, pensando na minha vida tão sem *plot twists*, e me rendi à verdade.

— ... sem camisa — acrescentei, sem graça.

— Esse cara é bonitão mesmo.

Juro que o Gustavo pareceu aliviado. Se ele estava aliviado, isso só podia significar que eu também devia ficar.

Gustavo inspirou, parecendo sentir um cheiro estranho no ar, e escondi rapidinho o pé atrás da panturrilha da perna esquerda.

— Temos gostos parecidos, então — respondi, repassando minha lista mentalmente. — Algo difícil de encontrar no mundo *polarizado* de hoje.

Tinha funcionado. O rosto de Gustavo se iluminou com a minha inteligência.

— Polarizado? — Ele mexeu o nariz de um jeito engraçadinho, fazendo os óculos deslizarem de novo. — Ah, li a resenha que você postou sobre aquela série nova. — Gustavo empurrou os óculos com os dedos, tão charmoso que tive uma microparada cardíaca. — Quase chorei com a sua descrição do primeiro episódio.

Meu corpo não aguentou tanta emoção e se desmontou em uma risada. Ele já tinha lidado com muitas coisas nesse dia, de pântano cheirando a gorgonzola a *Violeta* falando que *eu* não tinha vida social. Era demais para um corpo tão frágil.

— É sério! — continuou Gustavo.

Na mesma hora, me lembrei de quando me apaixonei por esse garoto que era o popular entre os menos populares.

Tudo começou na última Festa de Inverno do colégio, um evento meio idiota que a proprietária e diretora da escola tinha inventado só para a filha dela se sentir menos deslocada ali, depois de voltar de um intercâmbio de três longuíssimos meses em algum lugar da Europa. Um dia, uma professora contou que a festa tinha até sido matéria do jornal da cidade: "Escola ignora onda de calor em Curitiba em pleno dezembro e promove Festa de Inverno para alunos e professores." Depois daquele vexame, a única coisa que a diretora determinou foi que parassem de fazer a festa em dezembro, quando nevava na Europa, e passassem a data para início de julho.

Bom, a filha dela já tinha até se formado na faculdade, e a Festa de Inverno seguia firme e forte. No final, até que deu certo, porque acabou virando um jeito de comemorar o final do período de provas e da chegada das férias de julho.

Quando me apaixonei pelo Gustavo, eu estava supertriste porque um cara da minha sala tinha me largado no meio da pista de dança, perdida sob as luzinhas da decoração, para dançar com outra garota. Ele disse que havia me chamado só para fazer ciúmes na outra menina e comemorou me dando um aperto de mão cheio de gratidão porque sua estratégia tinha funcionado. Então me desejou toda a sorte do mundo e foi até ela, que encarava a gente, furiosa. Fiquei tão envergonhada que, para fingir que não tinha sido largada ali, peguei meu celular e comecei a tirar fotos das pessoas dançando. Gustavo, que assistiu à cena toda, se aproximou e fez uma brincadeira sobre não saber que havia uma fotógrafa oficial da festa e, depois que eu ri, menos tensa, ele fez um rap com os nomes de quase tudo que compõe uma célula. Rimou "a célula também tem membrana plasmática" com "difícil mesmo é ser ruim em Matemática". Só para me animar.

Foi a coisa mais boba e gentil que alguém já tinha feito por mim. E olha que na época eu tinha acabado de maratonar *Young Royals*.

— Você já pensou em ter um canal no YouTube ou um perfil do Instagram, para postar suas resenhas? — perguntou Gustavo, só para ser simpático, lógico.

Ainda assim, era tão fofo.

— Talvez eu devesse continuar me poupando dessa vergonha — respondi, virando o rosto para fugir dos olhos dele.

Caramba, era como encarar o sol.

O corredor já estava quase vazio. Gustavo se despediu, meio sem jeito, se afastou e olhou para trás, sorrindo uma última vez. Ajeitei a mochila no ombro, esperei um tempinho e o segui a distância, esperando que ele não notasse. As ondas do cabelo sedoso balançavam no ritmo dos passos. Dava para ver que era o andar de um cara confiante. Bom, eu também seria, se tirasse aquelas notas em Biologia.

De repente, um solavanco. Só podia ser a desesperada da Violeta.

— Ô, criatura dos infernos! — exclamei.

— Se minha mãe tivesse aqui e te visse toda brava assim, teria te oferecido bolo formigueiro. Oi! — disse ela, que... pelo amor de Deus... estava com o novato coreano!

Estranhamente, os olhos dele tinham o poder de atravessar minha expressão de quem finge não dar a mínima para nada, uma máscara construída a partir de diálogos copiados de séries de TV. Minha tática de sobrevivência mais antiga foi então acionada. E no modo emergência! O que saiu da minha boca foi:

— É Shakespeare.

A confusão, misturada a uma dúvida genuína a respeito da minha sanidade mental, paralisou o rosto dele na forma de uma figurinha de WhatsApp que eu certamente teria.

— É o início de um diálogo do Shakespeare — acrescentei, só então me dando conta de que Violeta não estava mais ali.

Ela tinha mesmo me deixado sozinha com um garoto que eu mal conhecia e que ainda por cima parecia me achar uma anta?

— Nunca li Shakespeare — comentou o garoto em uma voz densa, tipo leite condensado que demora a escorrer da lata, de um jeito... delicioso?!

Não era a voz que imaginei que ele teria. Por que ela não era estranha? Por que o português dele era tão bom quanto o meu?

— É um diálogo pouco conhecido de Shakespeare. De um livro pouco conhecido. Na verdade, é um manuscrito não finalizado que vazou na internet. Nos anos 1990. Caso você tenha pensado em procurar, ele não está mais disponível para download porque foi retirado dos sites clandestinos. Pelos herdeiros do próprio Shakespeare.

O garoto piscou, visivelmente confuso.

— Eu li na época e deletei — prossegui. — Só memorizei essa frase, sabe? "Ô, criatura dos infernos!" Uma pena.

Minha tática de sobrevivência mais primitiva é: sempre que estou em apuros, começo uma conversa desconexa, supostamente intelectual, e conduzo o interlocutor a um diálogo tão insólito que ele começa a questionar a realidade. Assim, meu constrangimento é substituído por uma conversa esquisita, mas que não pode ser questionada porque apela para o intelecto. Que adolescente teria coragem de questionar Shakespeare?

O novato sorriu, mas não de um jeito simpático. Uma coisa mais "raposa que gentilmente se oferece para cuidar dos ovos enquanto a galinha vai passear".

— É um trecho estranho de se memorizar — comentou o espertinho.

Ele estava me testando. Ah, mas eu sabia muito bem lidar com comentários espertinhos.

— Eu me lembro de outro trecho — respondi, com meu ar mais confiante, sem abandonar a expressão de garota superdescolada que não dá a mínima para o que pensam dela. — Cada palavra tem uma consequência. Cada silêncio também.

Reparei que o dedo indicador dele batia em um dos braços, que estavam cruzados, no ritmo de um ponteiro de segundos de um relógio de parede. O garoto não parecia tão convencido com a minha explicação. E sei lá por quê, comecei a transpirar na nuca. Eu precisava sair dali. Mas simplesmente não conseguia parar.

— E tinha mais um trecho...

Olhei para a lâmpada no teto do corredor, que tinha uma mancha preta de mosquitinhos mortos dentro. Foi minha imitação canastrona de alguém tentando se lembrar de um manuscrito que nem sequer existia, recuperado por descendentes de Shakespeare que não tinham nada a ver com minha insegurança diante da porcaria de um aluno novo.

— Ó, poço de desfaçatez! — declamei.

E lá se vai o quinto item da minha lista de frases e expressões para impressionar o Gustavo. Eu não acreditava que tinha desperdiçado algumas delas com aquele garoto idiota.

— Jean-Paul Sartre — disse ele.

— Oi?! — respondi, chocada.

Ele estava usando minha tática de sobrevivência contra mim. Só podia ser.

— A frase que você citou agora há pouco. É do Jean-Paul Sartre. A gente estudou na aula de Filosofia — respondeu o sabe-tudo.

E saiu andando, sem me deixar responder à altura. Porque era o que eu teria feito, se ele não tivesse me deixado exposta e desamparada no meio do corredor do colégio.

— Dizem que ele não faz perguntas — disse alguém.

Era Violeta.

— Agora que você aparece? — quase gritei. Eu estava tão furiosa que senti meus olhos se encherem de lágrimas. — Só agora?!

— O que eu fiz? — perguntou ela.

A desavisada se assustou com o meu tom, arregalando os olhões castanho-claros protegidos pela franja ruiva.

— Você é sempre uma alma penada grudada no meu cangote! Logo hoje, justamente hoje, você resolveu me dar um espaço e sumir?

O garoto coreano tinha me irritado de verdade. Aquele olhar penetrante, como se soubesse quem eu era de verdade... Quem ele achava que era?

— Ah, beleza. Então, a partir de hoje, prometo nunca mais desgrudar do seu cangote. Pode deixar.

Violeta jogou suas ondas ruivas para trás e levantou a mão em juramento.

— O que você quis dizer com "ele não faz perguntas"? — perguntei.

— O coreano? Então... — A empolgação fez cada sarda do rosto dela reluzir. — Uma garota da minha sala disse que uma amiga dela da outra sala conhece uma menina que já saiu com ele. Os dois foram ao shopping e até se beijaram, mas durante todo o tempo em que eles ficaram juntos, *todo o tempo!*, ele não fez nenhuma pergunta para ela, acredita? Nenhuma. Nenhumazinha. Nem um "Ei, quer um pouco da minha batata?", caso eles estivessem comendo batata. — Violeta agitou os braços, e a barriga cheia de sardas escapou um pouco da calça. Ela a segurou com as mãos e disse: — Meu pai fala que parece massa de pão com nozes.

Gargalhei com aquela comparação, e ela abriu um sorrisão, expondo o dente da frente lascado. Adoro quem ri e sorri com vontade, sem se importar com o julgamento das pessoas, se vão achá-la bonita ou não. Por isso, para mim, aquele dente cortado na diagonal dava a Violeta o título de garota mais confiável de todo o colégio.

Fomos caminhando até a saída.

— Coreanos são meio esquisitos — respondi, e um arrependimento suave sussurrou do sótão da minha mente na mesma hora.

— Você deve ter conhecido muitos coreanos para saber disso — retrucou Violeta.

O mais irritante era que ela não estava sendo irônica.

— Por favor, é uma das características deles — falei. — Do mesmo jeito que brasileiro é simpático e receptivo.

Era um bom argumento, que justificaria meu comentário anterior.

Violeta me ignorou completamente. Continuou a falar como se nem tivesse me escutado.

— Acho que ele só não se interessa muito por nada nem ninguém, por isso nunca faz perguntas — prosseguiu ela. — Deve ser um cara realmente inteligente.

— Por que você acha isso? — perguntei, mas só para não deixar a conversa morrer.

Eu não tinha qualquer miligrama de interesse no garoto estrangeiro esquisito. Faria essa pergunta em qualquer situação, mesmo se a pessoa não tivesse uma voz deliciosa que lembra leite condensado. Só explicando.

— Porque ele não deve ter muitas questões. Parece muito bem resolvido.

Violeta às vezes afirmava coisas sobre a vida com a humildade de uma joaninha que, do asfalto, pensava saber tudo sobre um edifício. Era tão fofo que dava vontade de esmagá-la até aqueles olhos castanho-claros pularem das órbitas.

— Eu acho esse garoto um gato. E tão inteligente. Deve ser libriano. Todo libriano é lindo — comentou Aurora DO NADA, surgindo do meu lado DO NADA como se tivesse se teletransportado DO NADA.

Até cheguei a procurar no ar vestígios de laser azul e partículas subatômicas.

Abre parênteses.

Pensando agora, Aurora surgiu meio DO NADA na minha vida também. Às vezes, eu tentava ensinar literatura para ela, entre uma informação inútil e outra dos dramas coreanos que ela insistia em me mostrar. E foi assim que a gente ficou amiga.

Fecha parênteses.

O garoto tinha entrado na escola só fazia uns três meses e já era superconhecido. Como? Tudo bem que o colégio não era muito grande, mas, caramba, três meses? Quantas pessoas alguém conseguia conhecer em três meses? Eu estava lá há anos (ok, exagerei) e tinha estabelecido uma comunicação consistente com um total de dois a três seres humanos. O menino chegou ontem e já era conhecido por todo mundo? Em TRÊS MESES!

— Você acha esse garoto gato só porque ele é coreano. — Soltei a frase sem pensar no que estava dizendo.

A boca de Aurora se abriu, ficando do tamanho de sua indignação, gigante. Séria, ela rebateu imediatamente meu comentário, só para deixar claro o nível da heresia do que eu havia falado.

— Eu não fetichizo pessoas de outras culturas, Talita — disse, revoltada, quase ofendida.

Como em geral Aurora gostava de me procurar perto das provas e a gente tinha no máximo duas tardes para estudar toda a matéria, eu não costumava dar muita corda para a falação sobre atores gatos e episódios favoritos das séries coreanas que maratonava (ela *sempre* estava maratonando alguma). Na verdade, até aquele momento eu nunca tinha parado de verdade para ver ou entender aquelas séries. Aurora falava muito disso, muito mesmo, assim como não parava de falar sobre signos, e eu sinceramente não dava muita bola para nenhum dos assuntos.

Uma coisa era evidente, no entanto.

— Você está a fim do coreano, né? — falei, com um pouco de preguiça do crush da vez.

— O que é fetichizar? — perguntou Violeta, daquele jeito meio ingênuo e desligado.

— Talita, eu não fetichizo seres humanos, ok? — Aurora ajeitou o cabelo atrás da orelha e se inclinou um pouco para a frente, como se fosse me contar um segredo. — Eu só acho o Joon gatinho, nada de mais.

Aurora fez um gesto com o indicador e o polegar, que, até onde eu sabia, era um gesto da cultura coreana. Um coração, acho?

— O nome dele não é Júnior? — perguntou Violeta.

Sério, alguém precisava dar um GPS de conversas para Violeta começar a acompanhá-las melhor.

— O nome dele é Joon. Estavam chamando de Júnior porque entenderam errado quando ele se apresentou — explicou Aurora, ainda com o coraçãozinho de dedos no ar.

Em seguida, retomou o andar confiante, de peito empinado, e desapareceu no meio da confusão de alunos desesperados para ir embora da escola.

— Acho que não é uma boa ideia eu falar essa palavra perto dos meus pais — disse Violeta, fazendo um rabo de cavalo com o elástico de cabelo do pulso. — Fetichizar.

Mais à frente, o garoto coreano conversava com o professor de Artes. Parecia algo sério. De repente, nossos olhares se cruzaram, e, por algum motivo, notei que o cheiro enjoativo da fábrica de doces tinha desaparecido. Durou só um segundo, porque Violeta logo enroscou o braço no meu, me convidando para ir até a casa dela, e me arrastou para fora do colégio.

— TALITA, VEM COMER! — GRITOU MINHA MÃE DA SALA.

Pelo barulho dos copos batendo no vidro da mesa, ela estava servindo o jantar com o rancor das mães que queriam estar de férias nas Ilhas Maurício.

— Não sei se quero comer, mãe! — respondi, também gritando.

— Você tem catorze anos, Talita! Você não sabe o que quer. — A fala foi seguida por um pequeno tsunami de talheres se chocando com pratos de cerâmica.

O melhor para garantir meu bem-estar físico era que eu fosse uma boa filha. Fui até a mesa e me sentei, já colocando todo o meu talento para jogo.

— Mãe, obrigada pela comida maravilhosa. Que belíssima releitura de um estrogonofe com macarrão. Que temperos exóticos e misteriosos este amontoado de massa não deve guardar?

Minha mãe fez uma careta.

— Vai te catar, Talita — disse ela, meio séria, meio rindo.

Até ela sabia que sua comida estava longe de ser uma explosão de sabores, apesar de não ser ruim. Era como se o estrogonofe tivesse saído directo do MasterChef, só que feito por um dos participantes menos brilhantes.

Enchi o prato e comi fazendo sonzinhos discretos de satisfação, para não dar tanto na cara que a gororoba tinha suas limitações.

— Está bom mesmo? — perguntou minha mãe, desconfiada, mas dava para ver pelos ombros encolhidos, um pouco tímidos, que ela queria acreditar na minha fanfic.

— Acho que é uma refeição de muito respeito — respondi de boca cheia, outro truque para parecer que a comida estava realmente imperdível.

Ela deixou um risinho escapar, e suspirei, aliviada. Não gostava de ver minha mãe irritada com a vida, que na visão dela não tinha dado certo porque, em vez de artista plástica, se tornou funcionária pública em um banco estatal.

— Falando em coisas incríveis como a sua comida — era sempre bom reforçar —, hoje tem live especial da Jandira Frost. Ela vai anunciar uma música nova. Só que vai ser de madrugada e eu tenho aula amanhã… — comentei, enchendo o garfo com o estrogonofe.

— Aquela drag queen que canta, fala sobre sexualidade e joga videogame? Ela é tão… Almodóvar. Gosto dela!

Minha mãe não fazia ideia de que minha youtuber favorita jogava tarô e de que eu assistia aos vídeos dela só para ver as tiragens de carta sobre amor. Aliás, ninguém nem imagina que eu tenho esse segredinho. Na noite passada, fiquei vendo um chamado "Escolha a sua leitura: ele vai finalmente falar com você?".

Meu plano para aquela noite, na verdade, era maratonar uma série adolescente fofinha que todo mundo já tinha visto, menos eu. E quando falo todo mundo, me refiro ao TikTok, não aos meus amigos.

Para não correr o risco de chatear a minha mãe e perder minha madrugada de entretenimento, me ofereci para lavar a louça do jantar. Foi aí que ela disse, aliviada, como se eu tivesse acabado de receber um boletim só com notas dez:

— Fico tão feliz de você ter os gostos certos, Talita.

Senti as mentiras revirarem meu estômago.

— Que isso, mãe... Imagina.

— Eu sempre tive medo de que você virasse uma dessas meninas bobas, que passam o dia todo vendo coisas inúteis no Instagram e no TikTok. — Era como se ela estivesse falando de enzimas que viviam no intestino grosso. — Ou então perdendo tempo vendo aquelas séries adolescentes sem pé nem cabeça, com atores caricatos de trinta e poucos anos e uns dramas superficiais.

O celular dela apitou, lembrando que havia alguma conta para pagar. Graças ao universo, minha mãe se esqueceu do que estava falando.

Às vezes eu considerava revelar minha verdadeira identidade. Mas sempre tinha a sensação de que seria a maior decepção da vida da minha mãe (depois de ter se casado com o meu pai, é claro).

Voltei para o quarto sentindo os dedos das mãos enrugados por causa da água e do detergente. A vida dupla cobrava seu preço. Minha cama estava desarrumada desde que acordei. Peguei o celular e me enrolei no meu ninho de cobertas. Antes de entrar no YouTube, rolei o feed do Instagram. Minha alegria de passar a madrugada acordada virou um slime que deu muito errado.

Poli Pamela tinha acabado de postar sobre a Festa de Inverno. Uma foto infame, mandando beijinho para a câmera e com a legenda "Boa noite só para quem vai dançar juntinho na festa deste ano".

Sei que ninguém precisa ser "convidado para uma festa da escola", mas ali estava eu, fazendo aspas imaginárias no ar, falando comigo mesma e me sentindo péssima porque faltavam poucos dias para o evento do ano na nossa escola e ninguém tinha me convidado ainda. Nem a Aurora, nem a Violeta e nem... o Gustavo. Eu sei, eu sei. No Brasil ninguém tem esse hábito de convidar as pessoas para as festas da escola, mas é importante lembrar que cresci vendo comédias românticas adolescentes com protagonistas estabanadas de coque bagunçado sendo chamadas pelo par romântico para um baile.

Talvez as pessoas não ficassem sonhando em ir acompanhadas para aquela festa idiota, que mais parecia um cenário de *Frozen* feito no Paintbrush, mas eu sonhava. Eu e meu grupo de amigas entraríamos na festa com roupas lindas e óculos escuros, e todo mundo acharia a gente *tão* descolada. Lá, eu e Gustavo nos encontraríamos e dançaríamos olhando nos olhos um do outro, bem no meio da quadra do colégio, decorada com papel-alumínio e algodão para simular baixas temperaturas, além de papel crepom pendurado no teto e toalhas de plástico azuis, que eram reutilizadas todo ano para dar um ar glacial às paredes. Gustavo pediria desculpa por não ter me convidado, confessaria como se sentia intimidado pela minha presença e perguntaria se podia me beijar.

Mas essa não era a realidade. A realidade era que Poli Pamela já tinha um par. E eu, não.

Tá, o par dela só podia ser um nerd alérgico a amendoim.

Ou o garoto coreano que não conversava com ninguém. Talvez o português dele não fosse tão bom quanto eu tinha pensado. Talvez ele não tivesse entendido que havia aceitado ir à festa com a influenciadora. Ou talvez eu só estivesse querendo muito acreditar que o par dela era alguém impopular ou perdido para eu me sentir melhor com o fato de que ninguém queria ir comigo. Nem um nerd alérgico a amendoim, nem o garoto novo sem amigos. Ah, quer saber? Melhor sozinha do que ir à festa com qualquer um desses dois possíveis pretendentes esquisitos. Especialmente aquele desagradável metido a espertinho que tinha me confrontado usando minha própria tática!

Eu poderia agir como uma garota decidida e simplesmente convidar o Gustavo para a festa, não poderia? Poderia. E, caso a resposta fosse negativa, eu poderia dizer para as pessoas que havia sido melhor assim, já que eu estava com uma hemorragia interna havia meses e ela me impedia de dançar, beijar e sentir qualquer tipo de felicidade, não poderia? Sim, também poderia. Mas será que eu poderia ter alguma outra noite de sono tranquilo em toda a minha vida depois de algo tão humilhante? Não, não poderia. Obviamente.

Bom, como dormir era de extrema importância para a sobrevivência, o mais indicado era continuar ouvindo as vozes sensatas da minha insegurança.

Você vai acabar sozinha de qualquer jeito, Talita, então que diferença faz?

Abri o TikTok. Meu *user* era @AnnaPalindromoAnna, e eu morria de orgulho dele. Costumava usá-lo para ver contas de que eu gostava e que ninguém jamais desconfiaria que eu visitava. Principalmente minha mãe. Ela idolatrava Tom Jobim, como poderia compreender uma filha viciada em contas de tarô e vídeos de ASMR?

Tinha algo esquisito dentro de mim.

Por que Poli Pamela conseguia sair com garotos e eu, não? Por que ela tinha beijado pelo menos três meninos e eu, nenhum?

Era como se um monstrinho tivesse tomado o controle das minhas mãos e digitado na busca as palavras que me levariam a lugares sombrios.

De repente, eu estava lendo comentários de gente que a odiava, assim como eu.

> Meu Deus, não quer ganhar hate, é só ir lá e desativar os comentários! PLMD a Poli Pamela perdeu total meu respeito, quem apoia ela me dá block.

> Ai, gente, sério que só agora vcs tão jogando hate na Poll Pamela? A menina é tiktoker, vcs querem o q?

> Ah mano, vai se ferrar. Poli Pamela não conhece a Billie Eilish? Por isso faz vlog, porque não deve nem saber ler.

> Poli Pamela, a famosa Chernobyl.

Eu me vi obrigada a concordar com aquelas pessoas. Se Poli Pamela fosse minimamente legal, teria me ajudado quando a garota da camiseta de banda de rock vomitou no meu tênis. Em vez disso, preferiu filmar a cena e transformar minha humilhação em vídeo. Eu poderia processá-la, tinha quase certeza disso.

Meus dedos se moveram com agilidade.

Por que Poli Pamela já tinha sido convidada para sair e eu, não? Por que eu ainda não tinha beijado ninguém?

Pensar que era tudo culpa da Poli Pamela e direcionar toda a minha raiva para ela fazia muito sentido, pelo menos ali, no escuro do meu quarto, em que a única cor que havia sobrado no meu rosto vinha da luz artificial da tela do celular.

Então digitei:

> Graças à Poli Pamela, eu parei de tomar remédios para dormir. Ela é tão chata e entediante que os vídeos me fazem roncar gostoso. Melhor sonífero.

EU QUERIA TANTO SAIR COM O GUSTAVO. MAS SE EU achasse que um dia isso fosse acontecer, que algo assim estava perto de se tornar realidade, nem que a uma distância Brasil-
-Nova Zelândia, eu já estaria em coma. Era a fantasia que me confortava, não a realidade.

O fato de eu nunca ter beijado me atormentava cada vez mais. Eu andava pelo colégio como se todo mundo fosse vegetariano e eu estivesse escondendo uma picanha malpassada embaixo da camiseta. A qualquer momento, alguém sentiria o cheiro do meu fracasso. Juntaria todas as peças, decifraria todas as pistas. Então pediria para eu tirar o casaco e revelar a verdade. E, assim que a picanha caísse no chão, mais pessoas me cercariam, apontando, rindo, espumando frases como "Talita, você me dá pena". E minha vida chegaria ao fim.

Ao pensar no meu segredo vindo à tona, meu corpo dava sinais de ansiedade, os primeiros passos até um ataque de pânico. E isso não era brincadeira.

— Minha mãe queria passear em lojas de embalagens hoje de novo. — Aurora interrompeu meus pensamentos, enganchando o braço no meu no corredor da escola, relatando sua rotina nos mínimos detalhes. — Ela disse que precisávamos de mais organizadores para o armário da cozinha. Ela é tão virginiana que dá nervoso — concluiu, suspirando, feito uma adulta de terninho pronta para iniciar sua jornada de conselheira na ONU. — Cara, será que precisamos de *mais* plástico?

— Minha mãe é parecida com a sua, só que focada em lojas de produtos naturais. Quando acaba o sal rosa do Himalaia, é como se tivesse acabado o motivo de existirmos.

— Eu estou rindo disso aqui tem quinze minutos, sério! — Violeta se apoiou no meu ombro, segurando o celular colado ao meu nariz. Era um vídeo de uma garotinha brincando com maquiagem, até onde eu conseguia ver com a tela enfiada na minha cara. — Ela tentando passar o batom é a melhor parte!

— Eu já vi esse vídeo e achei péssimo. Só reforça os padrões estéticos opressores. Por que desde cedo colocam na nossa cabeça que temos que nos encher de maquiagem? — alfinetou Aurora.

Era como se estivéssemos em uma comédia adolescente, cada uma com sua personalidade.

Aurora ainda não havia tirado o blazer e a calça de alfaiataria metafóricos, e eu não sabia se estava no grupinho das populares ou das excluídas.

— Vamos tentar sair das caixinhas em que o patriarcado nos coloca, que tal? — sugeriu Aurora.

Confusa, Violeta coçou a cabeça, e eu sorri, amolecida pela pureza daquele coração chatinho.

— Você às vezes parece muito tensa, Aurora — comentou, guardando o celular na mochila.

— Eu sei. Desculpa — disse Aurora.

Ela fechou os olhos e respirou, e eu juro que achei que a garota fosse tirar uma tigela tibetana da bolsa, sentar sobre as pernas dobradas em cima de uma almofadinha de veludo marsala e meditar ali mesmo, no corredor da escola.

— É que hoje vi o número de curtidas no vídeo que a Poli Pamela postou e, caramba, quanta gente! — explicou ela.

Realmente. Quando vi, fiquei pensando se o Papa tinha compartilhado o perfil dela. Sério, tinha mais curtidas na postagem do que habitantes no Vaticano.

— Eu fiquei tão sensibilizada — acrescentou Aurora. Mas a sensibilidade não era imune à vida social dela, porque assim que uma notificação apitou no celular, a comoção com o caso foi embora. — Mensagem da Beta! — exclamou, saltitando em direção à sala de aula.

Violeta e eu trocamos um olhar.

— Quer ver um vídeo de gatinho? — perguntou ela, dando de ombros.

— Pode ser.

Porque até um meme antigo do Twitter (desculpa, me recuso a chamar de X) parecia uma boa ideia depois de termos sido colocadas no ringue de questionamentos da Aurora. Além disso, eu também não queria voltar à minha roleta mental de pensamentos pessimistas sobre meu futuro amoroso, que mais parecia uma erva daninha se alastrando em um solo adubado pela verdade irrefutável de que eu nunca tinha beijado na vida.

Enquanto um gatinho malhado dava rosnadinhas para um guaxinim, eu falei:

— Violeta... — Nem ela nem eu desviamos o olhar da tela. — Alguém convidou você para ir à festa?

O gatinho queria roubar um pedaço da fruta, mas o guaxinim era rápido. Violeta continuava em silêncio.

— Quer dizer, para a Festa de Inverno... — acrescentei.

O gatinho tentou uma abordagem mais agressiva, e o guaxinim abraçou a frutinha com mais força. Acho que o felino só queria brincar, não roubar a comida do coleguinha de fauna.

— Você sabe... — continuei, sem graça. — Tem essa coisa aqui na escola de as pessoas sempre irem acompanhadas. Quer dizer, se forem convidadas por alguém...

O gatinho era insistente, mesmo com o guaxinim deixando claro que não queria conversa, nem dividir comida nenhuma.

Violeta ainda estava quieta. *Por que* ela ainda estava quieta? Então eu a encarei. Violeta estava pálida.

— O que você tem? — perguntei. — Vai desmaiar?

— N-não — gaguejou ela.

— Minha nossa, Violeta! Fala logo!

Eu estava pronta para fazer uma manobra de reanimação e um torniquete, como minha mãe havia me ensinado em casos de primeiros socorros e fraturas expostas.

— Um garoto da minha turma me chamou para ir com ele — disse Violeta.

Sua boca mal se abria a cada palavra, como se ela estivesse pronunciando um feitiço que destruiria a humanidade.

— Ah… — respondi.

Não vou mentir, senti o baque. Até Violeta tinha sido convidada para a festa. Será que eu tinha que arranjar um dente lascado igual ao dela para me notarem? Sei que é um questionamento ridículo e meio maldoso, mas eu estava muito abalada.

— E por que você está assim? — perguntei, me recompondo.

— Porque eu não queria que esse garoto tivesse me convidado.

A carinha que ela fez ao dizer isso dava mais pena que a do guaxinim tentando proteger seu pedaço de banana.

— É só você dizer que não quer ir — sugeri, meio sem paciência.

Se eu tivesse sido convidada por alguém para ir à festa, estaria contando para todo mundo e provavelmente postando nas redes sociais, só para esfregar na cara da Poli Pamela.

— Mas ele vai ficar triste… — insistiu ela.

Eu não conseguia entender por que Violeta se importava tanto com o garoto. Ninguém naquela escola ligaria de fazer algo que a deixasse chateada. Aliás, se qualquer pessoa daquele colégio tivesse a chance, nem hesitaria em rir dela, ficar apontando e até fazer stories no Instagram comparando Violeta com algum bichinho desengonçado. Então por que ela estava tão preocupada com os sentimentos dos outros?

— Violeta, você não precisa fazer algo que não quer só para agradar alguém, ok? — falei, e fomos para a sala.

Na aula de Geografia, a professora explicava alguma coisa... sobre algumas empresas... que têm negociação com alguns países... sobre algo? Eu não estava bem o suficiente para prestar atenção.

Fiquei pensando na cara de guaxinim da Violeta e, infelizmente, na chata da Poli Pamela.

> Graças à Poli Pamela, eu parei de tomar remédios para dormir. Ela é tão chata e entediante que os vídeos me fazem roncar gostoso. Melhor sonífero.

Eu não estava arrependida do que tinha escrito. Aquela ridícula merecia.

E ninguém ia ver aquilo. Ninguém seguia minha conta falsa.

O nó na minha garganta se desfez.

Calma, Talita, todo mundo dissemina ódio, é normal. O que você fez foi mais um desabafo do que um ato de ódio propriamente dito.

Será que eu deveria deletar o comentário?

Talita, que exagero. Deletar o quê? Nem era uma mensagem de ódio de verdade. Era apenas a manifestação de um pensamen-

to. Além disso, quando um comentário não alcança ninguém, é como se ele nem sequer existisse.

O sinal tocou, então arrumei meu material e saí da sala. Dei de cara com o Gustavo.

— Oi, Talita! Eu estava esperando você.

O sorriso dele foi tão espontâneo que quase acreditei que tinha sido reservado especialmente para mim.

— Ah, é?

A lista de expressões para impressionar Gustavo voltou à minha mente, mas foi embora no mesmo instante. Encarando aquele sorriso que deveria ser emoldurado e tombado como patrimônio da humanidade, não consegui me lembrar de uma palavrinha sequer.

— Aconteceu alguma coisa? — perguntei, sem esconder o espanto.

Eu devia estar tendo um delírio, causado por algum cogumelo estranho que minha mãe havia colocado no patê do meu sanduíche no café da manhã.

— A gente se divertiu tanto na Festa de Inverno no ano passado. Você lembra?

Espera, o Gustavo estava nervoso?

— Lembro. "A célula também tem membrana plasmática. Difícil mesmo é ser ruim em Matemática" — cantei.

Eu ia cantar esse rap que ele inventou até ser uma idosa de noventa anos. Até seria mencionada no *Guiness World Records* como a mulher que menos recebeu convites para festas em todo o mundo. Um recorde notável mesmo.

Gustavo riu da minha interpretação e engoliu em seco, piscando meio sem controle, como se seus olhos fossem motorzinhos tentando pegar no tranco. As bochechas estavam infladas, parecendo as de uma criança rechonchuda, e ele respirava como se tivesse percebido que havia um zumbi no recinto.

— Aquele idiota não te convidou de novo, convidou?

O nervosismo dele começava a me deixar inquieta.

— Quem? Aquele... aquele... poço de desfaçatez? Não. — Soltei uma risada mais esquisita do que os espasmos que tinham acabado de surgir no meu olho esquerdo. — Até porque coloquei limites bem claros. Eu sou esse tipo de garota. Decidida.

— E... alguém te convidou? — A voz dele falhou. Eu tinha certeza absoluta de que o Gustavo não tinha ouvido nada depois de "... poço de desfaçatez? Não". — Para a Festa de Inverno? — acrescentou.

Então, veio o baque da compreensão. Se a vida fosse um feed, eu certamente seria o gif do Homer Simpson dando ré para se esconder em uma moita.

— Acho que não. Quer dizer, não.

Por favor, Gustavo. Não, não, não, por favor, não.

Todos os meus órgãos tinham virado sopa.

— Então...

Ele deu um pequeno passo à frente, como se fosse cochichar algo no meu ouvido, e foi a vez dos meus ossos ficarem líquidos.

Não, Gustavo. Por favor. Eu nunca beijei ninguém. Eu não sei beijar. Por favor...

— Você quer ir comigo? Quer dizer, ir comigo à Festa de Inverno?

Os sintomas que se seguiram foram tremedeira e um acesso de riso esquisito, parecidos com aqueles de séries melodramáticas no momento em que a vilã finalmente descobre que todo mundo já sabe que ela mentiu sobre estar grávida de quadrigêmeos só para ficar com o mocinho e a polícia está do lado de fora, esperando que ela saia para prendê-la por falsidade ideológica.

Foi tão patético. Se eu tivesse feito sons de pum com a boca, teria sido mais digno.

Gustavo moveu lentamente a mão até a minha e entrelaçou os dedos nos meus. Ele sorria, simpático e compreensivo, esperando minha resposta. Enquanto isso, minha integridade física entrava em colapso.

— Isso é um "sim"? — questionou ele.

— Acho que é... — murmurei.

— Eu preciso que você não morra até lá — brincou ele.

Rimos juntos por um tempo, conversamos sobre o fim do semestre e como seria a Festa de Inverno este ano, então ele soltou a minha mão, se despediu e seguiu pelo corredor. No meio do caminho, se virou para trás só para me dar um tchauzinho, acompanhado de um sorriso tímido, e eu acenei de volta.

Ok. Os créditos já podiam subir na tela, com "Don't You (Forget About Me)" tocando ao fundo.

O colégio à minha volta foi ficando embaçado, perdido em uma névoa azul-clara, com pontinhos brilhantes por todos os lados. Vi a mim mesma parada em um píer, os braços abertos diante da água, o vento bagunçando meus cabelos, e "Somebody to Die For", do Hurts, tocando. Ah, que Hurts o quê! Eu queria mesmo era uma música da Dua Lipa!

A brisa... Eu podia sentir a brisa nas mãos, quase conseguia segurá-la. Havia também o som da água batendo nos pilares de madeira e as tábuas rangendo sob meus pés. Quer dizer, o cara de quem eu gostava tinha acabado de me convidar para sair e eu me sentia tão... normal! Talvez eu *fosse* normal, no fim das contas. Talvez eu pudesse ser como as outras garotas que são convidadas para sair o tempo inteiro e não se sentem alienígenas ao interagir com pessoas da mesma idade.

Que dia incrível!

Eu queria gritar! E teria feito isso, se não tivesse visto o garoto da Coreia do Sul me olhando com uma das sobrancelhas levantada, o chiclete na boca, sem mascar, e com a expressão de quem tinha acabado de ouvir uma piada muito cretina e sem graça. Talvez porque eu estivesse com os braços levemente abertos, os pés juntos e a cabeça voltada para o céu, tipo uma detenta ao sair da prisão após ter tido a inocência provada, recebendo as boas-vindas da chuva no rosto.

Eu era tão patética.

Coloquei as mãos nos bolsos e saí andando sem rumo pelo corredor do colégio.

Nota mental: eu precisava diminuir a quantidade de ficção que eu consumia no dia a dia.

Em casa, após a escola, eu não conseguia parar de pensar em como seria beijar o Gustavo. Já tinha visto milhares de beijos em séries e filmes, mas sempre me perguntava se só eu achava aquilo tão complexo, esperando o momento em que um parafuso, uma mola ou qualquer outra coisa ia pular da boca de uma das pessoas. Era como consertar um motor de avião, tocar violão ou tentar entender por que as temporadas de *Game of Thrones* tinham degringolado daquele jeito.

Eu nunca ia conseguir fazer isso. Beijar.

Deveria existir um passo a passo, certo? Como em uma coreografia. Sim, eu só precisava de respostas práticas.

Como os casais sabiam o jeito certo de mover os lábios? E a língua, qual era o papel dela, exatamente? Ela só passeava na boca da outra pessoa ou era melhor se fizesse movimentos circulares? As línguas se tocavam, ok, isso eu sabia. Mas como? Como se dançassem valsa ou como se estivessem brigando? Eu também ficaria mais tranquila se existisse um jeito de desencaixar os dentes da gengiva e guardar temporariamente em algum lugar. Porque era óbvio que, se eu os deixasse ali na boca na hora do beijo, morderia algo que não devia.

Tinha que existir alguma página na internet explicando o assunto direito.

Meu Deus, eu tinha menos de um mês para dar um jeito de aprender a beijar bem.

Peguei o celular e digitei "como beijar de língua". Mesmo estando sozinha no meu quarto, quando apertei em "buscar" não consegui evitar olhar em volta para ter certeza de que ninguém ia me flagrar em um momento tão deprimente.

> como beijar de língua 🔍
>
> Refresque o seu hálito. Cuide bem da sua higiene bucal, pois sua boca estará aberta durante todo o processo. Se você já sabe que vai rolar um beijo, escove os dentes antes.

Era sério aquilo?

Eu me joguei na cama, derrotada. Que droga, o Gustavo ia me achar uma idiota que não entendia nada de nada, nem de beijar.

Entrei no Instagram e comecei a rolar o feed, exatamente como minha mãe às vezes abria a geladeira três ou quatro vezes por minuto, sem pegar nada, nem um copo d'água. Cliquei nos stories da Aurora.

> Gente, acabei de terminar o melhor drama coreano da minha vida!

Eu estava prestes a passar para o próximo, quando ela disse:

> Foi o beijo mais incrível que já vi em todos os dramas asiáticos.

Ok, agora ela prendeu minha atenção.

Assistam, gente! Vou deixar o nome aqui para vocês procurarem, tem no streaming. Mas cuidado, é viciante! Eu mal conseguia respirar!

— Talita, a janta está na mesa! E você é uma garota inteligente, privilegiada, com cérebro para processar uma informação simples, então, por favor, não me faça ter que te chamar de novo!

A voz da minha mãe parecia ter uma foice pronta para cortar minha cabeça. Ela devia estar furiosa porque eu não tinha feito nada para comer no almoço. Sobrevivi com um sanduíche.

Assim que apareci, veio o dilúvio:

— Talita! Você tem que se alimentar direito, Talita! Pelo amor de Deus, Talita, se eu morrer amanhã você nunca mais vai comer na sua vida, Talita? Vai morrer de inanição, Talita, é isso? Eu falei para você almoçar, Talita! — Minha mãe tinha a incrível capacidade de dizer meu nome umas cento e vinte vezes por segundo. — Tem pão, maçã, banana, queijo, molho de tomate, creme de leite, frango congelado em cubos, Talita, em cubos! Qual é a dificuldade, Talita?

— Mãe, não é fácil viver com a expectativa de comer a sua comida. Como eu sei que a minha não vai ficar que nem a sua, eu perco o apetite na hora. — Isso não era verdade, mas uma excelente desculpa. Minha mãe deu um suspiro longo, a raiva se desfazendo. — Desculpa, mãe. Não desiste de mim.

O guaxinim do vídeo tinha possuído meu corpo.

Minha mãe não aguentou.

— Tá, come logo! E quero ver você raspando esse prato. Não quero saber de filha desnutrida nessa casa. Era só o que me faltava, né, Talita? Era só o que me faltava mesmo!

Durante o jantar, a bronca continuou, e logo entendi que minha mãe devia ter tido algum problema no trabalho, já que ela nem notou que eu não estava dando muita atenção para suas ameaças de me colocar no psicólogo (de novo), só porque eu vivia no quarto e no mundinho daquelas séries inapropriadas para a minha idade. Acho que ela estava apenas descontando as frustrações do dia exaustivo. Meus pais tinham se separado quando eu era mais nova, e meu pai havia se casado de novo e vivia viajando a trabalho, então não aparecia muito para me ver. Eu me preocupava com a minha mãe, sentia que ela não tinha se recuperado totalmente do baque do divórcio, então tentava não dar trabalho, ser uma boa filha e arranjar formas de as broncas não serem tão pesadas.

— Está uma delícia, mãe — falei, interrompendo o raciocínio dela sobre adolescentes que se expunham em excesso no TikTok e como tudo aquilo era perigoso do ponto de vista da segurança cibernética.

— Você já sofreu cyberbullying? Talita, não mente pra mim!

Minha comida estava no garfo há uns minutos, esperando um intervalo da falação para seguir seu caminho.

Enquanto isso, dentro de mim, uma cena ia e vinha em *loop*.

Eu e Gustavo na Festa de Inverno, ele de camisa jeans, o cabelo penteado para trás, e uma música mais lenta tocando, talvez algo do The Neighbourhood ou do Of Monsters and Men. Ele se aproxima para cochichar algo no meu ouvido. E aproveita para ficar com a boca bem perto da minha. Sinto Gustavo se inclinando para me beijar.

E aí eu arroto.

— Não é porque você tira boas notas que pode fazer o que quiser, filha. Aquela série de zumbis, por exemplo. Aquilo é uma selvageria!

Eu só pegava uns trechos soltos do discurso da minha mãe, antes de a voz dela se evaporar de novo e outra cena pipocar na minha mente.

O segundo take era muito parecido. Nós dois na festa, dançando um coladinho no outro, Gustavo me olhando como se ele fosse uma colherzinha e eu um pote de sorvete. Nós nos beijávamos, eu o mordia sem querer, e tudo terminava com muito sangue e a língua dele dançando dentro da minha boca feito um peixe vivo. Gustavo saía de ambulância da festa, com risco de morrer de hemorragia por conta da língua ferida, e eu ia parar na delegacia, como suspeita de tentativa de homicídio.

Minha mente me odiava de verdade.

— Mãe, obrigada pela janta maravilhosa. Que tempero excepcional, que releitura incrível de carne de panela!

— Vai te catar, Talita. Pode ir pro seu quarto logo. Anda!

Eu me levantei da mesa, aliviada por saber que ela não estava mais brava comigo.

No meu quarto, fiquei pensando no que ia ver naquela noite e me lembrei da indicação da Aurora nos stories do Instagram. Busquei a série na plataforma de streaming e dei play.

Era uma série coreana. Eu precisava admitir que os primeiros episódios foram difíceis para mim. Apesar de ser uma história de amor entre médicos de um mesmo hospital, eu nunca tinha visto nada parecido. Não conseguia identificar os clichês, os conflitos-padrão entre o casal principal, os diálogos misturando procedimentos cirúrgicos e sentimentos omitidos pelo protagonista e pela mocinha. Aliás, onde estavam os beijos? Terceiro episódio e nada. Mas Aurora também havia mencionado beijos escondidos nos quartinhos com estoques de itens usados no hospital.

As cenas tinham cores estouradas, fora as sequências surreais de coisas dando errado com os protagonistas. O drama, ah, o drama! Os homens choravam em momentos mais intensos da trama. Era tudo muito diferente, mas decidi fazer o exercício de abrir minha alma e minha mente. Em minutos, estava viciada. Simples assim. A série havia me conquistado. Quando me dei conta, já estava no oitavo episódio, e o sol, perto de nascer.

E o beijo? Ainda nada de beijo. Aurora tinha me enganado. Não havia beijos nos dramas coreanos! Eu estava quase comendo meu travesseiro de tanto nervoso.

O casal já tinha trocado olhares intensos, confissões, pequenos gestos que demonstravam paixão, e às vezes eu não tinha nem coragem de olhar, porque era como encarar a luz mais forte que o amor esparramava sob o luar. Nossa, de onde veio essa rima?

Foi quando meu casal favorito de médicos do mundo inteiro se encontrou no corredor do hospital, os dois muito tristes por não poderem ficar juntos. Ainda assim, ele se declarou mais uma vez e se aproximou para colocar no pescoço dela um colar que comprara de presente. Devagar, os lábios foram se aproximando. A câmera deu um close no contorno das bocas se encaixando naquela velocidade de quando o mundo está prestes a parar.

Eu me sentia sendo torturada. Lentamente.

Na tela, uma luz alaranjada entrava por uma janela, e era tão lindo que senti meu coração ficar quentinho.

Então os lábios se tocaram, macios como marshmallows, um absorvendo o outro, soltinhos e ao mesmo tempo colados, e juro que dei um pulo na cama, com o travesseiro tapando a boca. O médico a puxou para si, e os lábios mergulharam ainda mais um no outro. Ele abriu a boca, beijou, beijou, beijou, e ela agarrou a boca dele, mas não em um movimento brusco. Foi mais como se estivesse degustando aquela sensação. E assim se passaram dois minutos e dezessete segundos inteirinhos, até que o casal se afastou, ofegando, os lábios ainda muito perto, com a luz refletindo nas lágrimas da médica.

Caí na cama, fraca, rendida, sem forças para continuar vivendo.

Quando pensei que o beijo tinha acabado, eles engataram em mais um, e a música épica tocou mais forte e a tela foi ficando escura, os créditos do final do episódio surgindo enquanto eu vegetava, sem conseguir respirar direito, minha alma espalhada pelo quarto em pequenas pocinhas, com um frio na barriga digno de montanha-russa e o travesseiro molhado de baba.

Que beijo foi aquele? Por onde os dramas coreanos haviam andado aquele tempo todo? Como eu tinha conseguido sobreviver ignorando a existência dessas obras de arte? Eu havia terminado oito episódios seguidos e já me sentia em total abstinência.

De repente, me vi buscando mais e mais k-dramas e fazendo uma lista de tudo a que queria assistir para ontem. Uma lista enorme, aliás. As relações se desenvolviam nessas histórias de uma forma tão única, com tanto cuidado, tanta expectativa… um universo muito diferente de tudo que eu já tinha visto. Era isso que levava àquele beijo tão perfeito.

Não conseguia parar de pensar nisso, porque agora tudo fazia sentido. Eu tinha muito a aprender e, aparentemente, os dramas coreanos tinham muito a me ensinar. Corri até a janela, e um plano perfeito surgiu na minha cabeça no instante em que vi um raio de sol riscar o céu azul-marinho.

5

NO CAFÉ DA MANHÃ, SIMULEI VÁRIOS BOCEJOS PARA MInha mãe achar que eu tinha acabado de acordar após uma longa noite de sono. Se ela soubesse que na verdade eu estava prestes a sair dançando pela casa porque passei a madrugada vendo uma série romântica, lixaria a minha cara de pau com gergelim torrado.

Enchi a xícara de leite quente, que eu planejava adoçar com mel, e estava prestes a misturar tudo quando fui interrompida.

— Talita? — chamou ela.

Minha mãe me encarava como se eu tivesse acordado com tentáculos no lugar dos dedos. Parei tudo e franzi as sobrancelhas. Meu corpo, minha alma e meu espírito assumiram a identidade de um filhote de esquilo com olhos inocentes e brilhantes, um legítimo personagem da Disney com um sorriso que nem minha mãe teria coragem de questionar.

— Você virou a noite de novo, Talita? É sério isso, Talita? Você sabe que não me importo, desde que seja a exceção, não a regra, Talita!

Droga.

— Mãezinha, por que não falamos disso depois? Meus hábitos de entretenimento não precisam estragar o seu humor tão cedo.

— Humor, Talita? Você está dizendo que não tenho humor, Talita? Eu sou a pessoa com mais senso de humor que conheço, Talita…

Minha mãe me olhava tão decidida a me matar que sem querer usou a haste dos óculos de leitura para mexer o café.

Se alguém a visse brava, teria medo por mim. Mas, se escutasse com atenção, não demoraria a entender que ela era a melhor mãe do mundo.

— Eu te amo, mãe — falei, sorrindo de boca cheia.

— Vai te catar, Talita!

O bordão de sempre. Era o jeitinho dela.

Muita gente ficava letárgica depois de uma noite em claro, mas comigo era o contrário: eu me sentia mais energizada do que se tivesse hibernado. Era como se meu corpo estivesse em estado de alerta por tanto tempo que se esquecia de relaxar. E eu ficava bem. Por um tempo, pelo menos.

Mas essa última noite tinha sido diferente, não sei por quê. Maratonar aquele drama coreano havia despertado alguma coisa em mim.

De repente, as faces do cubo mágico dentro da minha cabeça se organizaram e me mostraram o caminho para convencer minha mãe. Minha mente estava afiada.

— Mãe, desculpa. Comecei a pesquisar algumas universidades e cursos para o vestibular, aí acabei perdendo a hora.

Que sensação maravilhosa a de saber que estava arrasando.

O silêncio dominou a cozinha. Dava para ouvir o café pingando da haste dos óculos dela, as gotas caindo uma a uma na toalha, como se estivéssemos numa cena crucial de um filme de suspense.

— Bom, então... — Foi tudo que minha mãe conseguiu dizer.

A tranquilidade dela ao limpar os óculos me disse que a guerra havia acabado.

— Se você ficou acordada por esse motivo, não tenho por que ficar brava. Na verdade, estou orgulhosa, feliz... e aliviada. — Ela soltou uma risadinha tão contente que parecia ter acabado de receber um aumento no trabalho. — Quer um pouco de geleia para colocar no pão, junto com o requeijão? Vou pegar pra você, filha. Aliás, deixa que eu levo você para a escola hoje. Não custa nada.

Nota mental: preciso ler sobre cursos e universidades para não me sentir um monstro desprezível, nem ser perseguida por uma culpa que me transformará em uma criminosa quando virar adulta.

Ao me deixar na escola, minha mãe até buzinou ao se despedir, acenando igual às mães que eram felizes com as próprias vidas.

Segui até a sala de aula e parei na porta. Ainda não estava na hora, então eu ia aproveitar cada segundo de liberdade. Isso se aquele cheiro enjoativo não acabasse comigo. Eu me encostei na parede, com medo de que meu corpo fizesse algum movimento estranho por causa do excesso de animação — ou em reação ao aroma da fábrica de doces, que devia estar com a produção a toda.

— Você não tomou banho? — perguntou Violeta.

Ela tinha surgido do nada, e ao que parecia já estava colocando a carteirinha da inconveniência para jogo.

— Existe uma lista de doenças relacionadas à super-higiene. Só para a sua informação — rebati.

A garota pareceu excessivamente animada.

— Então você não tomou banho? Nossa, a cada dia que passa eu gosto mais de você.

Violeta realmente era uma pessoa... peculiar.

— Na verdade... não lembro direito. Tenho quase certeza de que tomei banho. — Cheirei meu cabelo. — Tô fedendo?

— Não, é que o seu cabelo está sempre tão penteado. E hoje está parecendo aquele bolinho de cabelo que fica acumulado no ralo do banheiro. É bem nojento.

Será que um dia eu ia me acostumar com os absurdos que a Violeta dizia?

— Eu tenho um pente na minha mochila — continuou ela, me oferecendo o objeto.

Ainda faltavam uns dez minutinhos para o início da aula. Bem no meio da luta entre o pente o ninho de cabelo na minha cabeça, avistei Joon no início do corredor. Não sei se era o meu cérebro sem descanso delirando ou se talvez minha mente afiada tinha se transformado em uma fanfic, mas naquele minuto tudo se encaixou. Era óbvio! Tão óbvio que o pensamento quase acertou um gancho no meu queixo, porque eu havia entrado no ringue da vida real completamente despreparada.

De repente, pela primeira vez em muitas manhãs naquela escola, senti um cheiro que não era o da fábrica, um que eu não fazia a menor ideia de onde vinha.

Bem nesse momento, o garoto passou por mim e jogou o cabelo para trás. E foi aí que aconteceu.

Todas as forças do universo se alinharam, e de repente eu compreendi por que tinha encontrado aquela série coreana que agora habitava a minha alma. Havia uma razão para aquilo, uma razão maior, que meu dia a dia chato e sem graça me impediu de enxergar. Ver aquele garoto jogar o cabelo foi como tocar a pedra que abriria o portal para o meu sucesso. E eu recebi a resposta que tanto buscava.

Joon ia me ajudar a entender como viver um romance perfeito que nem na série coreana que vi. Sim, é claro! Tudo fazia sentido agora! Dessa forma, eu *com certeza* ia ter um beijo incrível com o Gustavo na Festa de Inverno, nós começaríamos a namorar e eu finalmente teria a vida com que sempre sonhei.

O garoto coreano seria PERFEITO para me ensinar a como conseguir isso. Ele tinha sido colocado no meu caminho para me ajudar!

— Peguei! — Era Violeta roubando meu celular. De novo.

Ela correu como se estivesse fugindo da polícia, rindo igual a um animalzinho arteiro. E eu, bom, não me movi, porque toda aquela epifania acontecia enquanto o garoto continuava seu caminho, indiferente, entediado e... ok, eu tinha que ser honesta... meio charmoso. Eu definitivamente *precisava* daquele garoto.

Nem tinha mais sangue circulando nas minhas veias, apenas versos e mais versos da música "Maniac", do Michael Sembello. Obrigada, mãe, pela referência idosa.

Reparando bem, ele era praticamente um ator de uma série coreana. Sim! Ele estava ainda mais bonito andando de cabeça baixa, daquele jeito misterioso, o cabelo preto balançando no ritmo dos passos, cobrindo os olhos.

— Ei, guria! — cumprimentou Aurora.

Ela fez um gesto, o dedo indicador apontando para mim e então para Joon. Aurora estava com uma touca de moletom em tie-dye e, nossa, aquilo não podia combinar menos com nosso uniforme vermelho e azul-marinho.

— Por que você está olhando para o Joon como se ele fosse um pote de mousse de chocolate e você, a colherzinha? — questionou Violeta.

Senti um cheiro ardido de caramelo esquecido no fogo. Eca. Foi piorando e piorando em questão de segundos, como se alguém tivesse jogado xarope de milho, leite condensado e maçã do amor na panela e mexido.

— Depois eu explico — falei, percebendo meus olhos se arregalarem.

O sinal tocou, anunciando que eu precisava estudar um pouquinho.

Assisti à primeira aula sem conseguir prestar atenção em nada, com dificuldade de focar uma palavra sequer na lousa ou no livro, como se a vida estivesse se tornando uma enorme sequência de fotos tiradas pela minha mãe com aquele celular pré-histórico dela, sem qualquer vislumbre de otimismo. Se bem que, no meu caso, havia uma intensa trilha *olfativa*, em que a morte cheirava a panetone com excesso de frutas secas.

No intervalo, fui a primeira a sair e dei de cara com aquela que se achava o centro do universo.

— Olá, polers! Mais um videozinho só para vocês! Aqui é Poli Pamela, e este é mais um dia comigo no colégio!

— Quem liga para o seu dia na escola? — resmunguei para mim mesma.

— Ooooooi, Talita! Quer fazer um vídeo comigo?

Eu não acredito que ela se enfiou no meu caminho com a cara cheia de glitter colorido, parecendo um unicórnio. Pelo menos teve a dignidade de desligar a câmera do celular.

— Acho que os polers vão gostar mais se você aparecer no vídeo sozinha, Poli — respondi, com calma.

Minha mãe teria ficado orgulhosa da minha elegância.

— Você é divertida, Talita! Os polers adoram você. Gostaram muito do seu tênis vomitado também. — Então, ela se aproximou para cochichar: — Se você quiser, eu te ensino a ganhar muuuitos seguidores. Eu sei de absolutamente todos os truques.

— Eu quero ser empreendedora, Poli, não tiktoker. Muito menos influenciadora.

Uau, eu estava me superando na educação. Poderia até mesmo falar inglês com sotaque britânico, segurando uma xícara de chá. Por que não?

— Ninguém mais fala *influenciador*. É criador de conteúdo digital. — Poli me lançou um sorriso de piedade, como se eu fizesse parte dos seus súditos, e me deu vontade de virar a mão na cara dela. — Fora que isso é meio que empreender, sabe?! — Ela cantarolou a última palavra feito um canário.

A noite não dormida também tinha me dado coragem, porque simplesmente deixei Poli Pamela sem resposta, falando sozinha, e corri até a sala dos professores. Ai, meu Deus! A Violeta! Eu não podia me esquecer da Violeta! Meu celular ainda estava com ela, precisava pegá-lo de volta e ter uma conversa séria com aquela picaretinha mais tarde.

Ser uma aluna exemplar tinha seus benefícios. Os professores, a diretora, as pedagogas, os zeladores, as moças da cantina, todos tendiam a adorar estudantes como eu. Às vezes, eu até me sentia colega de trabalho deles, de tão bem tratada que era. Eu não me espantaria se a professora Sueli resolvesse me oferecer um emprego.

Aliás, ela estava com a mão na maçaneta da porta, prestes a sumir dentro da sala dos professores. Para o restante da escola (exceto para mim), o lugar era o equivalente a outra dimensão, um espaço impenetrável, um portal que cobrava um preço alto daqueles que ousavam cruzar sua fronteira. Era como jogar no abismo uma coisa que a gente ama muito. E, por favor, quem ia querer que a sua conta do Instagram fosse para o espaço em uma queda livre?

A professora Sueli gostava tanto de mim que toda Páscoa me dava cascas de ovo secas, pintadas com artes abstratas para lá de duvidosas e recheadas de amendoim doce.

— Professora Sueli, já te contei? Estava pensando no tema do meu trabalho para a... a... — pensa, Talita! — ... para a Feira da Diversidade! Sei que ainda está longe, mas pensei em falar sobre as diferenças culturais entre os alunos da escola, como elas se refletem em suas vidas e na relação com a escola e com a sociedade.

Inclinei a cabeça para trás, sentindo meu pescoço prestes a se quebrar, porque do alto do 1,95 metro da professora, os olhos dela pareciam jabuticabas grudadas na parte mais longínqua do mundo, me encarando. Acredite, ninguém gostaria de ser um aluno ruim perto de uma pessoa daquele tamanho. Ela soltou a maçaneta, e eu agradeci por dessa vez a professora estar parada, porque sempre que conversávamos caminhando pelo corredor da escola, era como apostar corrida com um troll. Injusto demais.

— Você não devia estar pensando na sua roupa para a Festa de Inverno ou nas provas finais, amada? — perguntou ela, fazendo um leve cafuné no meu cabelo.

— Nisso também. Mas sobre a Feira da Diversidade... — Fiz uma pausa para tentar me livrar da cena que insistia em vir à minha mente: eu na festa, arrotando no exato instante em que o Gustavo se inclinava para me beijar. — Ando pensando muito sobre o processo de adaptação escolar de alunos estrangeiros. Acho que não é a primeira vez que recebemos alunos de outras nacionalidades, e talvez abordar o assunto tanto na Feira quanto na sala de aula possa ajudar outros estudantes a entender a importância de estarmos abertos a outras culturas. Para receber melhor esses jovens, sabe?

— Você está falando do aluno coreano?

Por que ela estava rindo?

— Sim, exatamente! Professora, você é tão inteligente — respondi, fingindo mais animação do que realmente sentia, para ver se ela aprovava a ideia e parava de sorrir, como se já tivesse sacado que eu estava tramando alguma coisa para resolver minha vida amorosa falida.

— Me parece que ele está tendo alguma dificuldade para fazer amigos mesmo... — comentou a professora. — Talvez realmente seja um tópico interessante de abordarmos.

O sorriso desconfiado não desapareceu.

— Pois é, então... — Minha voz saiu meio grave, como se eu estivesse dando uma aula sobre taxa de juros.

O sorriso da professora virou uma pequena risadinha, e eu tossi. Fiz mais uma tentativa: — Bem... Por ser da Coreia do Sul, ele vivia totalmente imerso em costumes completamente diferentes... — Eu tinha que reduzir a quantidade de advérbios na minha fala. Imediatamente. Aff. — Bem... O que quero dizer é que ele deve estar sofrendo com o choque cultural.

Eu era ridícula. E a professora Sueli agora ia se dar conta disso.

— Ainda que não tenha amigos, acho que ele não está sofrendo tanto assim, amada — respondeu ela. — Só deve ser introspectivo. Está sempre de fone de ouvido e mascando chiclete. Acho que só está vivendo a vida dele. Algo que talvez devamos fazer também, na verdade... — E lá estava: o deboche, disfarçado de análise pedagógica. Genial, eu tinha que reconhecer. — Ele está aqui na escola há alguns meses, fala português muito bem e é um garoto muito inteligente. Gente inteligente encontra formas inteligentes de não sofrer, amada — concluiu ela, se achando a Clarice Lispector do Paraná.

— Certo... mas o que eu ia sugerir é que alguém ajudasse o garoto. Mesmo sendo tão inteligente, deve ter alguma matéria em que ele sinta um pouco mais de dificuldade, sabe...

— Ele é bom em tudo, amada — rebateu a professora, checando o esmalte vermelho que começava a descascar.

— Em tudo? *Tudinho?* Não é possível. Como alguém pode ser bom em tudo?

— Até em Educação Física — sentenciou ela, colocando a mão na maçaneta da porta da sala dos professores, e eu entendi que meu tempo tinha acabado. — Ele tem feito sucesso com as meninas, não é? Você não é a primeira que vem me sugerir trabalhos sobre cultura, Coreia do Sul, diferenças entre os países... De todo modo, achei muito gentil da sua parte, Talita. Que inclusiva!

O tapinha na minha cabeça antes de ela entrar na sala dos professores foi o auge da humilhação.

Ter sido pega no flagra fez a realidade se abater sobre meu corpo. Todo o esforço fracassado de criar um plano megalomaníaco para convencer a professora Sueli me cansou, e só então percebi os efeitos da noite não dormida. Meu pescoço parecia massinha de modelar, e minhas pernas, patê. Retornei para a sala meio derrotada e aproveitei os últimos minutos de intervalo para cochilar na carteira. Ignorei Violeta, que havia surgido só para me provocar, dizendo mais uma vez que não ia devolver meu celular.

Eu me levantei. A próxima aula seria de Artes e acontecia sempre no ateliê. Para chegarmos lá, toda a turma tinha que atravessar o colégio até outro prédio, perto do bosque. O povo da minha sala era muito preguiçoso, então ia se arrastando e bocejando por todo o caminho. Se um satélite captasse imagens nossas naquele momento, registraria a migração de pinguins aborrecidos.

Violeta não parava de falar sobre sua tentativa de fazer muffins com chocolate belga. Segundo ela, tudo havia ficado tão sem forma que, no final, mais pareciam bolinhos vindos de um cenário pós-guerra.

— Não entendi por que deu errado, sinceramente. Eu assisti ao vídeo, anotei tuuudo — comentou. — Ou seja, a situação parecia sob controle. Mas acabei untando as forminhas com meu dedo lambido, porque não tinha manteiga em casa. Será que foi isso?

Eu precisava dar o braço a torcer: Violeta me fazia rir. As histórias dela sempre vinham com um desapego impagável. Ela não dava a mínima para o que iam pensar. No fundo, eu a admirava...

— Aí, quando fui jogar farinha na forma untada com a minha baba... — prosseguiu Violeta, mas se interrompeu de repente. Arregalou os olhos bem arregalados e deu um tapa na própria testa. — Não olhei o rótulo direito, só confiei no meu sexto sentido. E aí me dei conta de que era sal, não farinha. Então TALVEZ tenha sido isso.

Eu já estava chorando de rir.

— Mas como eu não me contento até estragar tudo, fiquei tão nervosa que lambi a mão de novo e passei na forminha. Estava tão salgado que a minha língua começou a arder muito! Aí enfiei a boca embaixo da torneira da pia para tomar água. Foi um alívio. Tirando o fato de ter entrado um pouco de água no meu nariz e eu achar que ia morrer afogada, deu supercerto. Ah! Já ia esquecendo. Seu celular!

E assim, do mais absoluto nada, ela me entregou o telefone, como se ficar com ele tivesse perdido a graça, já que eu não estava brava. Algo me dizia que na próxima vez em que ela tentasse pegar alguma coisa minha, eu já nem ia ligar. Talvez até achasse engraçado.

Violeta continuou contando sua saga com a receita fracassada.

No fim das contas, ela era meio sem noção, meio esquisita, mas até que bem legal também.

Parei de rir ao ver Joon passando pela gente.

A cara dele quando seus olhos encontraram os meus... Credo! Senti até um arrepio na nuca. Devia ser raiva. Ele me encarava como se eu estivesse dançando rumba no meio do pátio.

Calma, Talita, você tinha um plano, não vai inventar de pegar ranço do garoto agora. Foque na tragédia que seria beijar o Gustavo sem nunca ter beijado Gustavo algum, quer dizer, coreano algum. Oi? *Garoto* algum! Caramba!

Dormir. Eu precisava dormir.

Fingir costume era minha especialidade. E foi o que fiz. Segui andando naquela velocidade ridícula da minha turma, movida a má vontade. Tá, por que ele ainda estava me olhando daquele jeito?

Será que já estava sabendo que eu tinha conversado com a professora Sueli no intuito inescrupuloso de descobrir detalhes sobre a vida acadêmica dele e, assim, ter informações relevantes para bolar uma desculpa menos esfarrapada e convencê-lo a fazer parte do meu plano?

Aquele bendito garoto tinha a receita de que eu precisava para conquistar o Gustavo com um beijo perfeito e inesquecível. Eu sabia do fundo da minha alma que só teria o meu final feliz se ele me ajudasse.

Percebi que Violeta me encarava como se eu tivesse soltado um pum bem alto. Ela baixou o olhar até minhas mãos, e eu a acompanhei. Meus dedos se entrelaçavam num estilo cientista maluco que queria dominar o mundo, cheio de planos mirabolantes. Pois é, tenso. Afastei os dedos. A noite em claro pelo visto já estava afetando minha sanidade. Sorri para Violeta, enviando a mensagem silenciosa de que ela não precisava se preocupar.

Já estávamos perto do ateliê, e os alunos apinhados junto à porta faziam o lugar parecer um vespeiro. A reclamação por causa do trajeto desaparecia assim que começávamos a farejar a tinta guache. E aí todos ficavam ansiosos para pintar.

Guache não era tóxico, certo?

— Vamos esperar ali atrás? — sugeriu Violeta, me puxando pelo pulso. — Parece uma manada de gnus.

— Gnus? — perguntei, sendo arrastada por entre as pessoas da minha turma para perto do bosque. — Isso cai no vestibular?

— Sim, na parte da prova em que você vai ter que discorrer sobre *O Rei Leão*.

Eu me apoiei em Violeta e, por um minuto, ficamos em silêncio observando o rebanho de alunos se empurrando para ver quem entraria primeiro. Escutei um murmurinho. Espiei pelo cabelo ruivo de Violeta e vi o professor de Artes mexendo nos óculos redondos, falando com Joon. Parecia preocupado. Ouvi "precisamos falar sobre as suas notas", e meu coração acelerou.

— Violeta, preciso escutar o que eles estão falando. — Apertei o braço dela com força. Apertei de novo. Era tão macio. — Que braço fofinho.

— Eles quem? — Violeta se virou para trás e só então percebeu o que tanto chamava minha atenção. — Meu Deus! Você quer o Joon! Você está a fim dele! A Aurora não vai gostar nadinha disso.

— Não é isso, Violeta... — cochichei, balançando a mão meio desesperada, pedindo para ela falar mais baixo. — Aquele garoto... eu *preciso* dele. Mas não do jeito que você está pensando. Me ajuda!

Ela conseguiu ler "urgência" escrito na minha testa e entrou no modo força-tarefa, sem fazer mais perguntas.

— Precisamos de conchas acústicas. Usa as mãos. — Violeta pegou duas folhas grandes e grossas no chão da entrada do bosque ao nosso lado. — E potencializa a escuta com isso aqui — instruiu ela, me passando uma das folhas.

— Nossa, tem bananeira aqui? — perguntei, olhando para o bosque.

A vantagem de não ter dormido era que nenhuma ação da Violeta me causaria estranhamento, já que meu cérebro tinha ido dar uma voltinha.

— Vai, anda, eles estão conversando — disse Violeta, nervosa, já totalmente envolvida no plano. Eu não sabia dizer se era porque ela era uma boa amiga (e me atazanava às vezes só por diversão...) ou se apenas adorava ter alguma missão esquisita para cumprir.

Em resumo, não eram nem dez e meia da manhã e eu já estava escondida atrás de uma árvore, com os olhos pesados pela privação de sono e fazendo conchas acústicas com folhas de bananeiras coladas às minhas orelhas. Parecia um episódio de um reality show de sobrevivência que deu errado.

A gambiarra de Violeta funcionou. Foi como se alguém de repente tivesse aumentado o volume da voz do professor.

— Me desculpe tirar você da sua aula — dizia ele —, mas não podíamos adiar essa conversa. Não quero que você reprove na minha matéria.

Era a primeira vez que eu via o professor de Artes tão consternado. Professores de Artes não ficavam aflitos, nem tinham conversas sérias sobre notas com os alunos. Quem, no mundo, ia mal em Artes?

— Você é um excelente aluno — prosseguiu ele —, e eu queria entender por que seu desempenho não tem sido *ideal* na minha disciplina. Em geral os alunos consideram minha matéria um momento de diversão.

O garoto se curvou para se desculpar, repetiu a palavra "perdão" três vezes e manteve o olhar baixo o tempo todo. Minha boca se abriu, impulsionada pelo desaforo daquela subserviência. Então era só comigo que ele gostava de implicar?

— Se você pelo menos entregasse os trabalhos, eu poderia te dar uma nota razoável — insistiu o professor de Artes. — Mas eu já passei vários nesse período, e você não fez nenhum, o que me impede de avaliar você.

O garoto baixou ainda mais a cabeça. Senti algo no meu coração se apertar. Talvez fosse porque ele estava com a mesma expressão do médico do drama coreano ao descobrir que não poderia ficar com a mulher que amava. Minha compaixão, no entanto, durou uns cinco segundos, porque eu tinha acabado de receber, assim, de bandeja e com uma cereja no topo, material suficiente para convencê-lo não apenas a me tornar a feliz proprietária do beijo mais perfeito da escola, mas de Curitiba inteirinha.

— Você não gosta da minha disciplina? O que está acontecendo, Joon? — questionou o professor.

— Não é rebeldia. Eu não sei fazer os trabalhos — respondeu ele, sem encarar o homem.

A bagunça da minha turma tentando entrar no ateliê irritou o professor, que gritou para todos se acalmarem. Antes de seguir para a sala, ele colocou a mão no ombro do garoto, visivelmente preocupado.

— A verdade sobre o garoto coreano foi finalmente revelada — decretei. — Então ele é bom, mas não em tudo.

Violeta deu um tapinha no meu ombro, e a folha de bananeira quase entrou no meu ouvido.

— Por que você está falando como se fosse uma vilã de novela das nove? — perguntou ela.

— Eu estou sem dormir, Violeta. Tenha empatia — respondi.

Eu chacoalhei o pé. Tinha um exército de formigas escalando meu tênis ou eu estava tendo alucinações por falta de sono?

Ah, não, as formigas eram de verdade. Uma inclusive havia acabado de me morder.

Quem estava delirando mesmo era minha autoestima, porque eu estava completamente confiante nas minhas ações. Quaisquer que fossem elas. Tanto que simplesmente saltei de trás da árvore, me aproximei de Joon e lancei um efusivo bom-dia.

— Bom diaaa! Posso te ajudar. Pergunte-me como — falei, fazendo graça.

Juro, falei exatamente isso. Eu mesma, a própria vendedora de shakes milagrosos. Toda aquela expressão de pesar dele que estava ali não havia nem um minuto, pouco antes de o professor seguir para a sala, desapareceu completamente. O garoto ficou sério, claramente insatisfeito.

Era melhor não perder tempo.

— Eu faço você tirar dez no próximo trabalho e na prova de Artes. Salvo você da reprovação. Resultado garantido — disparei.

Eu me virei para trás, buscando a validação de Violeta, e ela ergueu os polegares num joinha. Definitivamente torcia mais por mim do que qualquer pessoa da minha família, embora a história talvez fosse ser outra se ela estivesse de fato *ouvindo* a maluquice do que eu estava propondo.

Violeta compreendeu o ato de coragem que havia acabado de se desenrolar bem ali, diante de seus olhos. Eu não era a pessoa que abordava garotos desconhecidos, ainda mais se não falassem comigo na escola, usassem calças rasgadas nos joelhos e fossem perseguidos pelas meninas lindas e populares.

— Por que você me ajudaria? — questionou ele, com um leve sotaque.

Admito que achei aquilo tão charmoso... Foi a primeira vez que identifiquei o sotaque. Mas eu não podia fraquejar. Tinha que me concentrar.

Fiquei achando que ele ia rir de mim a qualquer momento. O garoto tinha um ar misterioso, meio bad boy, e eu parecia uma daquelas meninas idiotas que imploram para andar com o cara na garupa da moto, agarrando a cintura dele.

Mas continuei sorrindo. Eu precisava dele. Minha vida amorosa estava no paredão, e ele era minha única chance de não ser eliminada.

— Eu me solidarizo com quem sabe lidar com números, mas não tem ideia do que fazer com uma cartolina — falei, e o que fiz em seguida me assustou. Dei um passo para perto dele e ergui o dedo indicador no ar, destemido, um dedo com moicano e jaqueta de couro. — E você pode confiar em mim, porque estou entre os cem melhores alunos do colégio.

Quem era a poderosa chefona agora?

— O colégio inteiro tem, tipo, duzentos alunos — afirmou ele.

O filho da mãe não mudou em nada a expressão ao dizer aquilo.

— Eu só não estou em primeiro lugar por causa de Artes — acrescentou ele, mexendo no cabelo preto.

Fiquei tão impactada com o movimento perfeito dos fios e com o perfume dele que dei um passo para trás.

— O que torna tudo ainda mais vergonhoso — falei, tentando retomar as rédeas da conversa.

Eu estava devidamente impressionada com minha rapidez de raciocínio. Na próxima vez em que eu precisasse participar de um debate em alguma aula, ia me lembrar de passar a madrugada em claro vendo séries coreanas. Muito eficazes.

Ele continuou em silêncio, então prossegui:

— Prazer! Me chamo Talita — falei, com um sorriso meio forçado, e estendi a mão. Só que ela ficou ali no ar, quer dizer, no vácuo mesmo. Guardei a mão no bolso e continuei, nada intimidada por aquela reação tão deselegante: — E, respondendo à sua pergunta, eu ajudaria você em troca de um favor.

— Se você quer que eu vá com você na Festa de Inverno... — disse ele, erguendo uma das sobrancelhas, horrorizado.

Calma, garanhão, por que essa grosseria?

— Se liga, queridinho. Eu já fui convidada para a festa.

O idiota pareceu *surpreso*, acredita?

A fábrica de doces soou seu apito bem na hora, soltando uma nova rajada de um aroma gosmento e adocicado. Parecia gelatina de framboesa com chiclete de melancia, doce de leite com ameixa e pipoca doce.

— Eu não quero a sua ajuda — disse ele, o queixo erguido.

— Melhor: não *preciso* da sua ajuda.

Então o professor de Artes reapareceu.

— Pessoal, vamos começar a aula! — exclamou ele, apontando para mim, para Violeta e para o ateliê.

Começamos a andar, mas vi que ele chamou Joon num canto, e liguei minhas antenas para ouvir a conversa.

— Volte para a sua sala, está bem? — disse ele, num tom gentil. — Estou realmente preocupado com a sua situação. Quero que passe na minha disciplina também, mas precisa ser de forma justa. Preciso que você tire pelo menos nove no trabalho amanhã e na prova que teremos em breve. Se quiser, podemos conversar com seus pais, posso pedir a ajuda deles...

— Não, professor, por favor. — O garoto pareceu desesperado. Tanto que começou a mexer de modo compulsivo no cabelo. — Prometo que vou melhorar minha nota.

O professor deu um sorriso para o garoto e entrou no ateliê.

Joon se recompôs e, quando me lançou um olhar, parecia ter diminuído de tamanho.

— Oi! Joon... Então... — falei, fingindo que não tinha ouvido toda a conversa dele com o professor.

— Oi... A gente se fala depois da aula, ok? — disse ele, já se afastando.

Violeta surgiu agarrando meu braço e me arrastou até o ateliê. Quando nos ajeitamos na mesa, cochichei:

— Violeta, você já beijou alguém?

Eu me desesperei assim que fiz a pergunta, porque aquilo podia se voltar contra mim, e eu não estava preparada para lidar com os desdobramentos da resposta dela. Eu gostava da Violeta, mas se ela já tivesse beijado alguém, mesmo sendo meio espalhafatosa, eu não sei se suportaria conviver comigo mesma.

— Já. A minha mãe — respondeu ela.

— Estou falando de beijo na boca, Violeta — retruquei, saltando de paraquedas e torcendo para que ele abrisse e eu chegasse ao chão sã e salva.

O rosto sardento de Violeta ficou mais vermelho.

— Por que você está me perguntando essas coisas?

E, com isso, aterrissei sem hematomas, porque no final achamos melhor fingir que minha pergunta nunca tinha acontecido.

— Vocês duas, vocês duas — disse o professor, a desaprovação fazendo a frase sair cantada.

— Você não dormiu nada, nada, nada? — Violeta analisou meu rosto como se fosse uma médica. — E o que você quer com o garoto coreano? Vai na minha, a Aurora não vai gostar nada disso.

— Ir na sua? Do que você está falando, Violeta?

— Ai, meu Deus. É outra forma de dizer "presta atenção no que estou falando, sua lentinha" — respondeu Violeta, fazendo uma dancinha de TikTok hilária com as mãos.

Tive um ataque de riso e não consegui pensar em mais nada.

— Vocês duas aí no fundo, podem parar de conversar? — O professor chamou nossa atenção, ajeitando os óculos, irritado.

— Você sabe o que isso quer dizer, né? — Violeta aproximou o rosto sardento do meu nariz.

— Isso o quê? — perguntei, ainda rindo.

— Isso de termos levado uma bronca juntas. Agora somos *melhores* amigas.

Violeta gesticulava efusivamente, como se fosse a funcionária de um aeroporto na pista de decolagem, manobrando o avião. Os olhos de guaxinim me encaravam intensamente, e eu me senti uma mesa de piquenique no meio da floresta.

Ela era engraçada, e a gente até que se divertia juntas, mas *melhores amigas*? Calma lá. Talvez as coisas estivessem indo rápido demais.

Não falei nada, e um tempinho depois retomei o assunto de onde tínhamos parado, antes da declaração de amizade de Violeta.

— Mas a Aurora não disse que gostava dele, só que achava o Joon gato. É beeem diferente. Você não se lembra de todo o discurso "não fetichizo pessoas de outras culturas"? — lembrei.

— E daí que ela disse isso? — rebateu Violeta.

A garota acompanhou a mudança de assunto sem exigir respostas. Fiquei aliviada. Pelo jeito, ela não esperava que eu retribuísse seu sentimento, talvez só quisesse dizer o que estava se passando em sua cabeça.

— Você ainda não entendeu como esse negócio de falsa militante funciona? — indagou ela. — É fácil. Vou te explicar: você fala que não concorda com uma coisa, mas aquela coisa só é errada quando os outros estão fazendo. Se é você quem faz, está tudo certo.

Aquilo não fazia o menor sentido.

— Mas... como assim?

— É que quando você faz a coisa, não pode discordar de si mesma. Então você até sabe ou diz que está fazendo, mas que, no seu caso, é diferente — explicou Violeta.

Ela piscou, se sentindo a criatura mais inteligente da escola.

Minha nossa, como o mundo ficaria quando ela descobrisse todo o poder que morava dentro daquela cabecinha?

— Ah, o que a Aurora tem a ver com isso? Nada, né? — Foi tudo que consegui dizer, porque um nó se formou na minha garganta.

Fingi que estava anotando algo no caderno quando o professor olhou feio na nossa direção pela terceira vez.

Eu não queria namorar o Joon, só não queria passar vergonha com o Gustavo. Ele podia ser o amor da minha vida.

— Isso tudo me lembrou um filme meio antigo que vi esses dias — cochichou Violeta, escolhendo um dos pincéis no estojo de lata no meio da mesa.

— Qual?

Eu ainda estava fingindo escrever no caderno. O professor se convenceu e voltou a anotar no quadro as instruções da atividade que deveríamos fazer.

— *Jurassic Park: O Parque dos Dinossauros* — respondeu Violeta. — Numa cena, um cientista do parque explica ao dr. Ian Malcolm que os dinossauros não podem se reproduzir ali porque são todas fêmeas. Mas aí o dr. Ian diz que a vida não pode ser contida.

Violeta começou a desenhar algo invisível com o pincel limpo na carteira.

— Olha, eu não dormi à noite, então não espere que eu entenda com facilidade analogias vindas diretamente de filmes dos anos 1990. — Segui o pincel com os olhos. — É um melão?

— Um guarda-chuva. — Ela riu, mas eu ainda achava que era um melão. — Bem... é que você disse que a Aurora não tem nada a ver com isso. Eu com certeza não vou contar. Mas, como disse sabiamente o dr. Ian, a fofoca não pode ser contida.

— Fofoca não é igual ao nascimento de um dinossauro, né? — rebati.

Estávamos rindo alto quando o professor ameaçou nos expulsar da aula se não parássemos.

Pela janela, avistei Gustavo ao longe, com a própria turma, a caminho da quadra para a aula de Educação Física. Eu me lembrei na hora do rosto dele ao me perguntar se alguém já tinha me convidado para a festa.

Acho que eu estava mesmo apaixonada por aquele garoto inteligente e lindo. E, para não passar vergonha na frente dele, valia qualquer esforço. Até mesmo beijar outro garoto. Eca.

QUANDO A AULA ACABOU, JOON ESTAVA ESPERANDO NA porta da minha sala, o cabelo sedoso e brilhante, o pé apoiado na parede do corredor e a perna dobrada forçando o rasgo no joelho da calça. Violeta trocou um olhar comigo, se despediu com um aceno e foi embora.

Ok, talvez o garoto fosse mesmo bonito.

— Vamos para a biblioteca — disse ele, sem fazer contato visual.

E simplesmente saiu andando, supondo que eu o seguiria.

Supôs errado, é claro.

Quando percebeu que fiquei parada, Joon se virou para trás com as sobrancelhas erguidas e uma expressão questionadora. Dei alguns passos, passei por ele e falei, sem olhá-lo diretamente:

— Você acha que vou falar sobre algo assim na biblioteca?

O resmungo dele foi *muito* parecido com algo que eu tinha ouvido no k-drama. Caramba! Era um resmungo em coreano. Coreano *de verdade*! Soava igual àqueles personagens superapaixonados que trocavam beijos perfeitos. Era a comprovação de que eu estava no caminho certo.

Ele correu para me alcançar, e fomos em direção ao bosque. Eu não queria que Gustavo me visse cochichando com outro garoto.

— Você falou em coreano agora há pouco, né? — perguntei, minha curiosidade me fazendo deixar o orgulho de lado.

Ele soltou um barulhinho afirmativo com a garganta, diferente do "uhum" a que estamos acostumados — que, aliás, é uma verdadeira preciosidade da língua portuguesa. Perguntei se aquele som também era coreano e ele riu, mas não porque me achou engraçada, só... estúpida mesmo. Eu estava tão interessada em aprender as coisas com ele que não dei a mínima.

— Me ensina algo em coreano? — pedi.

— Não.

O "não" foi tão direto e afiado quanto um prego que é martelado de primeira na parede, tipo PÁ!

— Por que não? — insisti, ignorando o martelo dele no meu prego.

Eu não ia desistir tão fácil.

— Você nunca conseguiria aprender — provocou Joon.

Enfim chegamos ao bosque, e a cada passo ele parecia mais aborrecido.

— Eu não quero que você me ensine a escrever uma tese de doutorado em coreano. Só quero uma mísera palavrinha.

Falei com tanta ênfase que meu coque se desmanchou de repente, e eu me assustei quando a caneta que o prendia escorregou para dentro da minha camiseta.

— Pode ser qualquer uma, uma palavra simples... — Eu tentava resgatar a caneta das costas, mas a maldita havia enroscado no meu... — Sutiã.

— O quê? — perguntou ele, dando outra risada pouco amigável.

— Quer dizer... não! Sutiã, não. — Droga. Eu continuava me contorcendo na tentativa de pegar a caneta. — Pode ser "olá, tudo bem?".

Eu nem lembrava que tinha feito um coque. Em que momento eu havia prendido a droga do cabelo com a caneta?

— É isso que você quer em troca? Aprender coreano? — perguntou Joon.

Ele suspirou, impaciente, de um jeito meio adulto, igual a quando minha mãe recebia o aviso da síndica de que ia faltar água no prédio porque iam limpar a caixa d'água.

— Não preciso aprender coreano, mas, se eu quisesse, eu poderia. Só para deixar claro. — Foi tudo que consegui dizer.

Eu me esforcei ainda mais para esticar o braço e pegar aquela porcaria de caneta, e então minha barriga ficou completamente à mostra. Os olhos do garoto correram para o meu umbigo, e em seguida para o botão da minha calça. Finalmente com a caneta na mão, puxei a blusa para baixo na hora, cheia de raiva.

— *Beuraejio* — disse ele.

— Isso quer dizer "olá, tudo bem?", então?

Prendi o cabelo antes que a caneta resolvesse pular de novo e cair entre os meus peitos.

— Não. Sutiã — respondeu ele.

Opa! Isso queria dizer que ele estava interessado nos meus peitos? Pela cara de tédio, acho que nada em mim parecia entretê-lo. Será que havia algo *errado* com os meus peitos? Ai, *por que* estou pensando nele pensando nos meus peitos?

A fábrica de doces terminava sua última fornada do dia, como atestava o aroma no ar. Já estava na hora do almoço. Tudo passou a cheirar a caramelo salgado em segundos. Até que não era ruim...

— Tá, o que você quer em troca, então?

Percebi que ele estava curioso. Ora, ora... quem diria?

— Você já beijou, certo? — perguntei.

A careta dele me desestabilizou. Sério, parecia que o infeliz tinha sentido o fedor de uma vala a céu aberto.

— Você pode falar o que quer logo?

— Você já beijou ou não? — insisti.

Acho que Joon sabia o que viria a seguir, porque o rosto dele já parecia estar recusando a proposta antes que eu dissesse qualquer coisa. Quase hesitei, mas me mantive firme.

Pensei no Gustavo. Eu não podia estragar tudo na festa.

Mandei meu cérebro derretido focar no plano. Minha nossa, eu definitivamente precisava dormir.

— *Claro* que já — respondeu ele, com ênfase.

Tive vontade de dizer: "Nossa, me desculpe, Deus do Romance! Rei do Rolê! Divo da Sedução!" Mas já havia passado um pouco do ponto e tinha que dar um jeito de fazer aquele garoto ir com a minha cara.

— Ah, que ótimo! — disparei. — Porque eu preciso que você me ensine.

O garoto ficou sem fala por alguns bons segundos. Só a sobrancelha se movia, inquieta como um grão de milho no micro-ondas, que sabe que seu destino é ser pipoca.

— Você vai me ensinar a beijar — declarei, só para ter certeza de que ele tinha realmente entendido.

Não dei brecha para contestação. Mesmo assim, ele resmungou em coreano, indignado. E achei melhor não perguntar o que ele tinha dito.

— Olha, a ideia não é você *me* beijar. Só tem que me ensinar como *se faz*. — Tentei apresentar a situação de outra forma.

Joon ficou imediatamente aliviado, e aquilo me ofendeu.

— Garoto, eu não tenho tempo a perder, ok? — Mudei o tom. — A Festa de Inverno está chegando. Eu nunca beijei. Preciso saber beijar. E aí?

Ele devia ter visto a angústia nos meus olhos e a profundidade das minhas olheiras, porque respondeu:

— Também não tenho tempo a perder. — A resignação em sua voz me deu esperança. — Tenho que entregar o trabalho de Artes amanhã, e a prova já está chegando.

Joon não tinha escolha. E foi assim que voltei para casa com ele a tiracolo.

Eu morava na rua da escola. Ele não amou a proposta, mas concordou que nosso prazo exigia medidas extremas.

E, por favor, é claro que minha mãe estava no trabalho. Não sou tão amadora. Se ela soubesse que eu tinha arranjado alguém para me ensinar a beijar, nem piscaria antes de me mandar para o Alasca com uma passagem só de ida.

— Entra — falei para Joon, direta.

Eu estava animada com o andar da coisa toda, mas não queria parecer desesperada, então tentei agir de um jeito *cool*. No fim das contas, devo ter feito a minha famosa cara de incômodo, apelidada pela minha mãe de "cara de cocô". Se ela estivesse ali, já teria balançado a cabeça e os ombros num movimento meio "Single Ladies" e dito: "Primeira coisa. Talita. Tira. Essa. Cara. De cocô. Do rosto. Agora!"

Quando ele ensaiou tirar o sapato, eu o impedi.

— O que você está fazendo?

— Tirando o sapato — respondeu Joon, confuso. — Sei que você não vai tirar, mas me recuso a entrar de sapato na casa de alguém e espalhar toda a sujeira da rua.

— Garoto, você vai me ensinar a beijar, beleza, mas eu não vou massagear seus pés, ok? Que fique bem claro.

— Do que você está falando? É só um costume. Na Coreia ninguém entra na casa das pessoas de sapato.

— Bom, aqui em casa a gente entra de sapato, sim — rebati.

Ok, eu estava um pouco nervosa. Não tinha pensado direito em como funcionariam aquelas "aulas". Eu tinha falado que ele não precisava me beijar, só me ensinar. Mas *como* seria isso?

Fiquei um pouco constrangida, mas tentei não demonstrar. Não sei se era coisa da minha cabeça, mas Joon parecia um pouco ofendido por ter sido proibido de tirar os sapatos. Mas e daí? Eu não queria que a gente fosse amigo, tínhamos um acordo. Era só isso. Não era problema meu se ele ficava irritadinho com tudo.

Quando entrou no meu quarto, qualquer traço daquele blá-blá-blá de etiqueta e respeito à casa alheia desapareceu.

— Nossa! Que quarto bagunçado — criticou ele.

Joon estava se referindo aos bonecos de *Star Wars* espalhados pelo chão e à minha estante de livros, abarrotada e totalmente desorganizada.

— Tenho itens de colecionador que valem um carro zero, viu? Mais respeito, por favor — falei.

— A poeira parece bem antiga mesmo — alfinetou ele, jogando o cabelo preto para o lado.

Era tão perfumado... Não que fosse da minha conta...

Ei! Não! Eu não ia cair nesse truque cheiroso porém barato dele para me distrair. Não mesmo.

— Ah, tá. Até parece que na Coreia do Sul as pessoas não têm quarto bagunçado.

Ele teve a cara de pau de olhar para mim com espanto, como se eu estivesse ofendendo uma nação inteira.

— Ok. Você, por exemplo, *nunca* largou um copo sujo embaixo da cama? — insisti. — Nem do ladinho?

Parei de falar quando percebi que estava muito agitada. Uma mecha do meu cabelo tinha grudado no canto da boca, então eu devia estar chacoalhando bastante a cabeça enquanto falava.

— Eu não dormi hoje, ok? — falei, por fim, já me defendendo de possíveis acusações.

O infeliz estava perto de me dar um golpe mortal de alguma arte marcial... Era preconceituoso da minha parte associar um asiático a artes marciais, assim, aleatoriamente? Talvez. No mesmo instante, o rosto de Aurora surgiu na minha mente. Ok, favor desconsiderar o que eu disse há pouco sobre artes marciais.

Eu estava com medo de Joon ficar irritado e desistir de tudo. Poxa, tudo isso só porque pedi (implorei) para ele me dar aulas de beijo, perdi uma caneta no meu sutiã, o chamei para ir até a minha casa, questionei a cultura coreana algumas vezes e não parava de tagarelar coisas meio sem sentido? Não eram motivos suficientes para irritar alguém, né? Achei um pouco exagerado da parte dele.

— É que eu maratonei um k-drama es-pe-ta-cu-lar, por isso não dormi — continuei a me explicar.

Fiquei tão feliz ao me lembrar daquela história sem defeitos que sorri como uma boba. Mas nem assim o olhar dele se suavizava. Que garoto chato!!!!!!

— Ah, tá. Agora você vai dizer também que ninguém faz maratona de séries na Coreia? — perguntei.

— Não sei. Não conheço os hábitos de todos os coreanos — respondeu Joon, ácido.

A expressão dele me lembrou minha mãe quando comia um monte de quiabo para seguir uma dieta antioxidante que a nutricionista tinha receitado. Ou seja, o vislumbre de uma morte lenta.

Como estávamos dentro de casa, fazia um pouquinho de calor, então Joon tirou o moletom, e vi que por baixo ele usava uma camiseta branca lisa, sem nenhuma estampa, nenhuma frase, nada.

Olhei para o meu casaco: azul-marinho com mangas laranja e um número aleatório nas costas. Ninguém podia dizer que não era uma roupa superdivertida.

Quem era entediante agora, hein, meu parceiro?

— O que foi? — resmungou Joon.

Nossa, eu só estava analisando a camiseta dele. Que estressadinho.

— Primeiro, você quer tirar o sapato. Aí depois foi o moletom. Achei que ia continuar tirando a roupa — provoquei, indo até ele.

— O que você está *fazendo*? — Joon deu vários passos para trás, quase em pânico.

Por cinco segundos, achei até que fosse gritar por socorro. *Caramba, Talita, se recomponha.* Tudo bem que esses braços não são de se jogar fora e provavelmente ficariam ótimos pertinho da minha cintura, mas brincadeira tem limite. Claro, só pensando tecnicamente aqui, já que estamos tratando de uma aula de beijo, e beijos envolvem braços em cinturas.

— Desculpa, é que... deixa pra lá! — falei, rindo e meio sem graça.

Para ser sincera, eu nem me importava tanto com o que ele ia pensar. Só tinha que me controlar para não assustá-lo. Joon não podia mudar de ideia sobre as aulas. De jeito nenhum.

Tentando parecer equilibrada e simpática, me apoiei na primeira prateleira da estante para pegar um livro sobre Frida Kahlo. Eu me esforcei para agir naturalmente, como se eu fosse uma garota que escalava prateleiras o tempo todo. Minha cabeça estava girando um pouco? Estava. A falta de sono começava a tornar manobras como aquela um tanto perigosas? Com certeza. Mas o problema é que minha espontaneidade ficava aflorada em dias assim. Quando me dei conta, estava com a pontinha do pé direito em uma prateleira, o joelho esquerdo em outra, a mão esquerda apoiada na parede para dar impulso e a direita esticada para cima, mirando o livro pesado.

— Aliás, o professor adora essa artista — comentei.

Dei um pequeno impulso e, ah!, finalmente consegui alcançar o livro! Só que quando o peso daquele calhamaço veio com tudo sobre mim, meu corpo pareceu protestar, dizendo: "Escuta aqui, Talita, não vou tolerar esse desrespeito, precisamos dormir!" Então meus músculos vacilaram, meus pés hesitaram, meu cotovelo bateu na madeira e comecei a cair feito uma boneca de pano velha, toda desengonçada.

Coluna, querida coluninha, muito obrigada por tudo que você fez por mim até hoje. Espero que se lembre da minha gratidão eterna quando se espatifar no chão e as vértebras se espalharem como dados de RPG.

Mas um milagre aconteceu: minhas costas nunca encontraram o solo, porque Joon interrompeu a queda.

A capa dura se soltou ao bater no piso de porcelanato, fazendo barulho. Dava para jurar que alguém havia estourado um saco de papel cheio de ar.

— Só aceitei te ajudar porque não sabia que você era biruta — disse ele, parecendo ainda mais aborrecido, se é que isso era possível. — Usa um banco ou uma escada na próxima vez.

Uau. Que força era aquela? Como Joon conseguiu me segurar? Confesso que fiquei bastante impactada. Ou talvez eu estivesse delirando. É. Definitivamente devia ser apenas um delírio.

Joon tinha agido *exatamente* como na série coreana, quando a cirurgiã e o médico se conheciam. Eu amei esse episódio. Assisti à cena um monte de vezes. A médica tentava pegar o soro em um armário alto, e o médico a salvava de uma queda catastrófica.

Abri um sorriso maligno.

— Joon, foram os deuses coreanos que me enviaram você.

— Duvido muito — disse ele, pegando o livro sobre Frida no chão e se sentando na cama. — A não ser que eles queiram me castigar.

Joon colocou o livro no colo.

— Ah, sobre isso... — falei, me sentando ao seu lado e apontando alguns capítulos nos quais seria interessante ele dar uma olhada.

Eu queria que Joon passasse em Artes, claro, mas queria mesmo era começar minhas aulas. Afinal, com tudo que ele ia me ensinar, eu conseguiria me aproximar do Gustavo e enlouquecê-lo com meu beijo. Seria inesquecível. Já até ouvia os feedbacks na minha cabeça: "Uau, esse foi o melhor beijo da minha vida. Talita, você é incrível!"

— Imagina, Gustavo — respondi aos meus devaneios.

— Meu nome não é Gustavo.

— Claro, eu sei.

Joguei a mão para a frente, tentando parecer casual, mas meu gesto saiu tão desengonçado que qualquer pessoa juraria que eu estava tentando acertar uma mosca ou arremessando tomates imaginários. Pelo jeito, Joon teve esse mesmo pensamento, porque se desviou, inclinando o corpo para trás, com receio de que eu fosse estapeá-lo.

— Por que tenho que perder tempo com isso? — questionou, segurando o livro como se fosse uma coisa qualquer, e não uma relíquia a respeito de uma das maiores pintoras da história.

— Ei, mais respeito com a Frida! — repreendi, embora não estivesse tão brava assim.

Afinal, eu tinha pouco tempo para fazer com que desse ranço entre nós brotasse uma belíssima amizade. Tá, talvez não uma amizade, mas uma belíssima cordialidade entre pessoas que não se suportam e tiveram que se unir em um momento de crise.

— Bem, você vai ver aí no livro muita coisa sobre cores, formas, traço etc — expliquei.

Minha mão fez gestos no ar, tão fluida que tive que conter os movimentos. Meu corpo estava mesmo fora de controle.

— A verdade, querido colega estrangeiro — continuei —, é que você pode fazer até uma colagem cheia de duendes. Não importa. Se houver qualquer coisa que lembre o estilo desta digníssima artista, sua nota alta está garantida.

Apontei para a capa do livro como se estivesse prestes a dizer "adquira já o seu!".

— Eu não sou criativo — comentou Joon. — Não entendo de cores. Nunca fiz colagens. Eu gosto de música... — confessou, coçando a nuca.

Olha só, ele tinha desistido de bancar o sabe-tudo. Por um instante, vi como Joon estava exausto de não entender patavinas do que o professor de Artes explicava.

— Escuta, você está no ensino médio, não precisa ser um artista. Só tem que entregar o trabalho e pronto — respondi.

Ainda mantendo certa distância, me aproximei um milímetro dele. Sentia que a qualquer momento meu corpo entraria em colapso e eu cairia de sono onde quer que fosse. Até no colo do garoto.

— É simples para você, mas não para mim — respondeu Joon.

O sotaque dele tinha algo de muito fofo, e a voz saía com muita confiança, então dava até para acreditar que era um brasileiro falando.

— Vamos ao trabalho, estrangeiro — incentivei.

Ele fez uma careta, e peguei várias cartolinas e canetas coloridas no armário. (Eu tinha certa obsessão com itens de papelaria.) Joon se espantou quando viu minhas tranqueiras.

Abri uma cartolina no chão e entreguei uma canetinha para ele.

— Aliás, meu nome não é "estrangeiro" — falou, sério.

Nossa, que mau humor. Eu só estava sendo simpática. Ele era estrangeiro, não era? Qual o problema em dizer isso?

— Ok, ok. *Joon* — falei, sorrindo com a resiliência de uma vendedora que precisa bater sua meta. — Faz de conta que estamos na aula de Artes.

Parei um instante para incorporar o professor. Ajeitei os óculos fictícios, e me ocorreu na mesma hora que alguém precisava fazer uma intervenção e me obrigar a dormir.

— Certo, turma. — Caprichei no vozeirão.

— O professor não fala assim. — O comentário dele era quase um protesto.

— Tá, vou melhorar a interpretação. — Ajeitei os óculos invisíveis de novo e reconfigurei o tom de voz, ainda mais intelectual e de humanas. — A partir do conto que lemos a respeito do cubismo, elaborem uma ilustração que condiga com a narrativa. Pode ser uma cena, um ambiente, o que vocês preferirem.

— Uau, o personagem tinha tomado conta de mim. Eu estava prestes a chamar a atenção de alunos imaginários tendo uma conversa imaginária, para que não atrapalhassem minha aula imaginária. Será que eu gostava de ensinar? Estaria descobrindo uma vocação? — Podem começar o exercício, pessoal.

Por que eu tinha escolhido cubismo como tema do trabalho fictício? Porque, sinceramente, cubismo era meio fácil. Claro que eu nunca diria algo assim em voz alta e claro que não estou dizendo que os artistas cubistas faziam corpo mole nem nada, mas, se você estivesse desesperado para tirar uma nota boa numa aula de Artes do ensino médio, bastava desenhar gente com umas formas geométricas bem marcadas, umas cores fechadas, uns olhos iguais aos da Poli Pamela e *voilà*!

Mas Joon não se moveu. A cara dele gritava por ajuda.

— Tá, você sabe o que é o cubismo, não sabe? — perguntei.

— Sei.

— Então desenha alguma coisa aí.

O que estava acontecendo? Por que Joon continuou parado, encarando a cartolina em branco como se procurasse uma resposta?

Calma, será que o calhamaço da Frida havia batido na cabeça dele e eu não vi? O garoto tinha sofrido uma concussão?

O que eu ia fazer? Eu não sabia quais eram os procedimentos de primeiros socorros nesses casos.

— Você vai desmaiar? — indaguei, segurando o pulso do garoto para checar a frequência cardíaca.

— Não, eu não vou desmaiar — respondeu ele, se livrando das minhas mãos.

Dessa vez, pelo menos, não parecia bravo.

Caramba, ele realmente não fazia ideia de como passar em Artes.

É, ia ser uma empreitada e tanto. Eu teria meio que *alfabetizar* alguém em linguagem visual. Estava pronta para aceitar minha missão. Meu *propósito*. Ia salvar aquele garoto da completa humilhação de ser reprovado em Artes.

— Se estivéssemos na aula, o que você faria? — questionei.

Quando notei o pânico nos olhos dele, tive vontade de dizer que um trabalho de Artes não mordia. Imagina se Joon tivesse um pai palestrante que nunca estava por perto porque tinha outra família e que só falava com a filha por videochamada? Isso, sim, era de arrancar os cabelos.

— Nada. — Joon falou tão baixo que quase não ouvi.

— Como assim, nada?

— Eu não estou entregando os trabalhos, lembra?

— Risca essa cartolina agora — ordenei, com confiança.

— Riscar? Riscar o quê?

— Risca essa bendita cartolina, Joon. — Ele continuava paralisado. — Risca qualquer coisa. Faz qualquer desenho. Só risca.

Joon tocou o papel com a ponta da canetinha e pressionou tanto que, por um segundo, tive dúvidas sobre o verbo que eu tinha usado. Falei "risca" ou "arruína"? Mas, antes que conseguisse chegar a qualquer conclusão, me retorci com o guincho estridente da canetinha.

— Olha, se a aula fosse de Música, você tiraria dez no quesito "sons agonizantes". — Peguei a caneta de volta. — Mas, infelizmente, é de Artes Plásticas. E você não precisa pressionar a caneta desse jeito. Só segura com mais leveza. Assim...

Fiz a canetinha dançar com graciosidade pela cartolina. Desenhei um símbolo de infinito inacabado, e Joon observou atento, o olhar acompanhando minha mão como se eu estivesse prestes a realizar a magia que mudaria o destino da humanidade.

— Segura a canetinha com naturalidade, como se fosse sua escova de dentes, entendeu? — sugeri.

Parei de falar, olhando para meu possível-futuro-amigo-que-ia-me-ensinar-o-beijo-perfeito.

A testa dele parecia meio úmida. Joon estava transpirando, e rapidinho entendi que não era de calor. Afinal, estava friozinho em Curitiba.

Fingi não perceber o nervosismo dele. Talvez porque eu mesma estivesse com dificuldade de acreditar que aquilo seria bem mais complicado do que havia imaginado. Achei que minha parte do combinado terminaria em uma tarde, no máximo duas. Acreditei piamente que, com tanta inteligência, Joon entenderia de primeira o que devia fazer nos trabalhos de Artes e pronto! Sobrariam horas e horas para eu aprender a beijar.

Custava as coisas acontecerem do jeito que eu queria pelo menos uma vez? Só uma vezinha, sabe?

Já que a vida não era tão gente boa comigo, o que me restava era dar meu melhor na esperança de que aquele geniozinho em (quase) tudo fizesse a parte dele e entendesse que ir bem em Artes era uma questão de apurar o olhar e desenhar com intenção.

— Vamos tentar outras coisas, então! — anunciei, otimista.

Ensaiamos mais algumas possibilidades e, minha Nossa Senhora, a limitação motora e criativa de Joon era gigantesca.

Pedi para ele rascunhar qualquer coisa, levando em consideração ponto, linha, plano, volume, forma, textura e cor.

O resultado? Um losango na cartolina. E só. Eu me permiti pensar positivo. Era um avanço, certo? Do mais puro vazio a uma bandeira do Brasil embrionária.

— Tá, vamos tentar olhar um pouco para o que existe dentro dos nossos corações. — Eu já não falava como nosso professor de Artes nem como Talita. Será que eu tinha um alter ego que era escritora de livros de autoajuda? — Vamos tentar compreender e explorar um pouco esse bloqueio, Joon.

— Eu não tenho bloqueio nenhum — rebateu ele.

Alguém tinha que ensinar para esse garoto que negar os fatos com tanta intensidade era quase a mesma coisa que confirmá-los.

— Ah, não? — Eu conseguia sentir a ironia moldando minha cara de deboche.

— Não são bloqueios, eu só... — Ele hesitou, mexendo no cabelo. — Tenho medo de desenhar.

— Cara, vocês são muito esquisitos.

— Vocês quem? Os coreanos? Por acaso você conhece todos os habitantes da Coreia do Sul? E por acaso fui *eu* que pedi ajuda para aprender a beijar?

Odeio gente esperta.

— E nós, humildes brasileiros, somos ainda mais esquisitos. Você que não me deixou terminar a frase — consertei.

Que mancada, Talita. Que mancada!

Abri o livro sobre Frida Kahlo e mostrei as obras dela para Joon. Levou quase uma hora para ele entender o que significava se soltar e abstrair um pouco das coisas. Para se permitir, mesmo que por apenas um momento, algum afastamento da realidade e só então partir para o papel. Só que, para minha tristeza, em vez de melhorar Joon estava ficando mais e mais nervoso.

— Certo, vamos fazer uma pausa — sugeri.

— Obrigado — disse ele, com um suspiro de alívio.

Joon deu um sorriso tímido, como se estivesse com vergonha por estar agradecido.

— Sua explicação foi boa — acrescentou. — Mas é difícil demais para mim.

Então ele se ajeitou na minha cama, as costas apoiadas na parede, e jogou o cabelo para trás, inutilmente, porque os fios lisos retornaram à posição inicial no mesmo instante. Tudo bem, o cabelo era bonito. Tudo bem eu admitir que aquele garoto até tinha… certa qualidade estética. Era uma verdadeira iluminação da minha parte conseguir enxergar algo positivo no meu atual parceiro de negócios. Mostrava o ser humano evoluído que eu era.

— Por que você quer aprender a beijar? — perguntou Joon.

O fato de estar cansado por conta das dezenas de tentativas de despertar seu Pablo Picasso interior suavizou a pergunta. Eu podia jurar que ele estava quase amigável.

— Não tenho a menor ideia do que vou fazer quando o Gustavo estiver dançando comigo na festa e começar a se aproximar… — respondi.

Imaginar aquela cena já me dava falta de ar.

— Quem é esse tal Gustavo?

— É o garoto de quem eu gosto. Ele me chamou para ir à Festa de Inverno. E eu… nunca beijei.

Ficamos em silêncio. Joon mexeu de novo no cabelo e, dessa vez, senti o cheiro característico que os fios emanavam. Era um cheiro de natureza. Pedra molhada? Floresta? Alecrim? Ai, não sei. Limo de cachoeira?

— Você só vai ter que abrir a boca. Isso você sabe fazer, imagino — disse ele, jogando o cabelo para trás de novo, todo sério.

Joon estava… me enrolando? Ele ficou olhando para minha boca. Mas não como nas comédias românticas. Era mais como se quisesse ter certeza de que eu tinha lábios, uma língua e todos os dentes.

— Se abrir a boca fosse sinônimo de beijar, eu teria dado meu primeiro beijo no meu dentista — falei, com a convicção de quem defende uma tese de doutorado.

— Mas essa é a única decisão que você precisa tomar quando vai beijar alguém. Depois disso, é só seguir o fluxo.

A naturalidade dele me irritou um pouco. Tá, parabéns se ele tinha beijado 49.324 pessoas na vida. Pa-ra-béns! Uhul, estou efusiva por você, amigo.

— Fluxo? Que fluxo?

— As coisas vão se encaixando, não sei explicar.

Ele falava e ria ao mesmo tempo, achando graça da minha cara.

— Bom, sempre achei que fazer riscos na droga de uma cartolina também era intuitivo. Mas veja só que grande descoberta: aparentemente não é — debochei, dando o xeque-mate.

Funcionou, porque dessa vez ele não rebateu e parou de rir.

— Beleza — disse Joon, erguendo as mãos em sinal de paz. — Você não está errada.

— Obrigada. — Soei tão educada que poderia ser chamada para o chá com a realeza da Inglaterra (mais uma vez).

— Então, para mostrar que reconheço seu esforço de hoje para me ensinar a como melhorar na aula de Artes... — Ele fez uma pausa dramática e dobrou as mangas da camiseta, deixando os bíceps à mostra. — Vou fazer uma introdução à técnica do beijo. Teórica, claro.

Óbvio que seria uma introdução teórica. Ele não tinha dado a mínima para os meus peitos. E sou vingativa, então também ia ignorar completamente qualquer parte admirável do corpo dele. Até porque aqueles braços nem eram grande coisa. Nem prestei muita atenção neles.

— Estou pronta — avisei.

Sorri, já imaginando meu casamento com o Gustavo.

— O cara vai se inclinar até você... — Joon fez de conta que tinha uma garota na frente dele. — Vai ficar olhando um tempo para sua boca. E o que você vai fazer é... — Ele encarou os lábios da menina fictícia. — Olhar para a boca do Guilherme.

— Gustavo — corrigi.

— Que seja. Aí você vai fazer cara de *sede* — sussurrou ele, dando ênfase na última palavra.

Soltei uma gargalhada. Mas era um riso de nervoso.

— Que coisa mais idiota! Não vou fazer isso — protestei.

Joon suspirou, impaciente.

— Por que não? — perguntou.

— Porque vou parecer aquelas influenciadoras que fazem selfie com biquinho de pato, tipo a Poli Pamela — respondi, tirando o moletom.

Por que raios eu tinha mencionado o nome dela? Tudo bem que eu não ia com a cara dela, mas a verdade é que a garota não era a culpada pela tensão e pelo desconforto que alimentavam a fogueira da minha existência.

— Só vai ser ridículo se você não estiver com vontade de beijar o cara — comentou Joon, impaciente.

— É claro que quero beijar o Gustavo, mas vou estar nervosa.

— Tá, tá, vou tentar explicar de outra forma. — Ele mexeu no cabelo, e fui tomada por aquele cheiro de alecrim barra pedra molhada de cachoeira de novo. — Tenta ficar com a mandíbula mais relaxada. Solta mesmo. Para você conseguir encaixar o beijo.

— Abstrato demais.

Aliás, toda aquela explicação era muito diferente do que eu havia imaginado. Joon estava sendo... direto? Ele já tinha partido para a parte do beijo em si, não ficou nem dois segundos naquela construção maravilhosa da atmosfera que acontece nos k-dramas. As mãos que se esbarram, os olhares trocados, os tropeços que levam a um encontro inesperado, a pessoa fazendo de tudo para proteger a outra das intempéries... e aí vem o momento do beijo, em que os dois superam a timidez, os próprios limites, e juntam coragem para mergulhar em uma intensidade única, perfeita, inesque...

— Bem, encaixar o beijo quer dizer o seguinte... — prosseguiu ele, interrompendo meus pensamentos.

Joon respirou fundo. Então simulou duas bocas com as mãos e falou:

— Quando sua boca encostar na dele, o ideal é que não bata com força. Então não precisa ter pressa. Você tem que sentir como é o ritmo da outra pessoa, até vocês estarem no mesmo andamento e no mesmo compasso. As pausas são importantes também.

Olha só, de música o geniozinho até que entendia mesmo.

— Certo. — Minha voz saiu tão fina que achei que tinha engolido uma buzina de bicicleta.

— É importante lembrar que você não está competindo com ninguém. — Joon olhou de esguelha para mim, para ter certeza de que eu estava atenta às mãos dele. — Os dois têm que curtir. Então fica mais preocupada em explorar do que em acertar. Deu para entender?

Caramba. Joon falava com tanta confiança que tentei adivinhar o total de garotas que ele havia beijado para atingir aquele nível de experiência. Talvez tivesse começado bem novinho, beijando umas laranjas ou o espelho. Quem nunca?

— Move a língua de forma suave — disse ele. — Explora a língua do cara, os lábios, mas não de qualquer jeito. Se não souber o que fazer, busque movimentos circulares, no sentido horário e anti-horário.

As mãos dele ainda se acariciavam, imitando um beijo ardente. Quanto mais íntimas pareciam uma da outra, mais meus joelhos perdiam a funcionalidade.

Eu *nunca* ia conseguir fazer aquilo.

— Acho que já estudamos o bastante por hoje — disparei, interrompendo aquela sensualidade entre dedos. — É melhor o conteúdo vir... — Minha voz desafinou, e eu pigarreei. — ... aos poucos, para eu memorizar.

— Sem problemas. Continuamos amanhã — respondeu Joon, sorrindo, e eu tive certeza de que ele achava graça do meu fracasso.

Joon fez um gesto com a cabeça, para indicar o fim da aula. Meus joelhos simplesmente não respondiam.

Espera aí! *Amanhã?*

O garoto saltou da cama e colocou o moletom, encarando a Frida na capa do livro. Sério, eu trocaria meu problema pelo dele sem pensar duas vezes, se pudesse.

Joon colocou o livro de Artes embaixo do braço e foi em direção à porta.

— Tchau, *Ippeun* — murmurou para si mesmo.

— O quê? — perguntei.

— Ahn? Nada. Tchau, garota — disse Joon, sério de repente.

Ah, pronto. Só me faltava ele ficar zombando de mim em coreano.

Quando chegamos à sala, Joon saiu da minha casa sem nem olhar para trás.

1

ACORDEI COM AQUELA PALAVRA NA CABEÇA. ERA ALGO TI-po *pum*? Não, não podia ser. Enfim...

Minha mãe ainda estava dormindo, então isso queria dizer que não tinha dado nem seis da manhã ainda. Se eu estava de pé naquele horário, só podia significar uma coisa: eu estava nervosa. *Muito* nervosa. Não sei por que achei que esse negócio de aula de beijo seria moleza para o meu psicológico. Na prática, era só decorar uns movimentos, entender o que eu tinha que fazer com a língua, onde eu tinha que manter os dentes e pronto. Mas me sentia prestes a surtar.

Ai, que droga de palavra foi aquela que ele falou ontem? Será que o Joon estava decretando o fracasso do meu beijo bem na minha cara?

Eu tinha construído na cabeça imagens bem fofinhas do meu primeiro beijo. Ele seria sem baba, macio e suave, como se meus lábios e os do Gustavo fossem marshmallows se acariciando. Só que Joon descreveu um beijo *de verdade*, um beijo de gente grande, sabe? Todos os meus sonhos tinham sido esmigalhados.

Acho que eu deveria inventar uma desculpa e falar para o Gustavo que não posso ir à festa com ele.

Beijar parecia difícil demais. Era como se alguém tivesse me dado a chave de um carro e dito: "Pode dirigir, Talita. É só ligar o carro, pisar no pedal certo, engatar a marcha e mover o volante quando precisar." Só que havia mais de um pedal, e eu nem sabia para que serviam as marchas, muito menos a hora em que tinha que trocá-las.

Era melhor eu desistir.

Eu ia bater aquele carro.

Ia entrar com tudo dentro de uma lanchonete cheia de velhinhos e crianças.

O carro ia ficar desgovernado e chegar a um precipício.

Por que eu tinha aceitado ir à festa com o Gustavo? Como eu era idiota!

Mas, parando para pensar, se eu não beijasse agora, quando teria outra oportunidade? Eu precisava ser honesta... Não era como se houvesse muitos garotos loucos para me beijar. E se o próximo cara a fim de mim só aparecesse quando eu estivesse na faculdade? Pior: quando eu estivesse no meu *segundo* emprego? Eu ia ficar até lá sem beijar ninguém?

Não, eu tinha que superar o medo.

Será que minha mãe já tinha acordado? Bom, eu ainda não havia escutado nenhuma porta de armário batendo, que era o sinal de quando ela acordava mal-humorada, nem qualquer cantoria animada de algum sucesso da Tracy Chapman, que, nesse caso, era sinal de um dia com certa animação.

Ahhh! Eu *preciso* descobrir o que ele falou! Com certeza tinha criticado meus peitos.

— Talita! O café está na mesa!

Às vezes, a voz da minha mãe parecia um balde de água fria jogado na minha cabeça. Dei um pulo, assustada. Eu tinha voltado a dormir e nem percebi.

— Eu fiz omeleteee! — acrescentou ela.

A frase saiu cantarolada, e eu sabia que seria mais uma manhã em que ela havia cozinhado alguma coisa com gosto de nada, na melhor das intenções.

Eu não teria coragem de dizer que a comida estava sem sal (mais uma vez). O que importava é que ela estava feliz. Isso era tão raro.

Ippeun. Sei. *Ippeun* é o nariz dele (e não os meus peitos). Que ódio!

Surgi na sala toda saltitante, com meu velho moletom do Hard Rock Cafe, que meu pai havia trazido de alguma viagem a Nova York, e minhas belas pantufas do Olaf.

— Talita, não se esqueça de arrumar a cama, Talita. Não sei se comentei, talvez sim, talvez não, mas, de qualquer forma, vale repetir...

Eu sabia dizer quando minha mãe tinha assistido a uma nova palestra motivacional do TED Talks só pela maneira como ela arrumava os óculos, caidinhos na ponte do nariz, na tentativa de passar essa imagem de alguém com muita sabedoria.

— Comece a arrumar a cama se quiser arrumar sua vida. Pequenas tarefas têm o poder de transformar a realidade à nossa volta, quiçá o mundo inteiro...

Sério, gente.

Ela serviu a omelete no meu prato e, caramba, era muita comida. Eu ia ter que comer aquilo tudo e ainda *fingir* que estava gostando?

— Então, imagine só: você começa arrumando a cama todas as manhãs, e, quando se dá conta, já pediu demissão do emprego, virou uma empreendedora de sucesso depois de ter descoberto a grande cura para as varizes e ficou milionária com sua empresa de meias-calças compressoras. Que tal? Vale a pena ou não arrumar a cama todo dia?

Acabei com a omelete em duas garfadas. E, uau, até que não estava tão ruim. Dava para sentir o gostinho de caldo de galinha. Era artificial? Com certeza. Mas, pelo menos, tinha gosto de alguma coisa.

Mais tarde, já na escola, comentei com Aurora que minha mãe usava caldo de galinha nos preparos dela. Minha amiga ficou chocada e, por um instante, achei até que Violeta, que ouvia tudo quietinha, tinha soltado um pum de nervoso.

— Talita... Eu não sei como te dizer isso, mas sua mãe está cometendo um crime. Um crime muito grave contra o corpo de vocês. — Aurora estava com os olhos marejados.

Violeta encarava o teto e começou a falar sozinha, bem baixinho.

— Por que um crime? — perguntei, mas meu interesse na resposta era tão grande quanto a noção da Violeta.

Aliás, por que ela ainda estava olhando para cima com aquela cara de pastel?

— Esse tipo de industrializado é péssimo para a saúde, é cheio de conservantes, e além disso bloqueia funções neurológicas. — Aurora suspirou, como se estivesse *sofrendo* ao falar de cubinhos de caldo de galinha. — Pode nos induzir a comer mais, sabe?

— Eu adoro comer! — disse Violeta, irradiando alegria. — Minha família adora comer também, e eu tenho a teoria de que é a barriga que me faz tão feliz. Estou sempre bem alimentada, não tem como ser triste.

— Violeta, comer é bom mesmo, mas a gente tem que se controlar para não sair se enchendo de porcaria, né? — criticou Aurora.

Ela estava pronta para pregar sobre os riscos de certas comidas à saúde e certamente daria um jeito de não parecer gordofóbica. Faria um discurso inflamado contra os padrões de beleza opressores e depois comeria um pão sem glúten com manteiga ghee.

— Ué, comidas gostosas dão alegria. Eu queria que minha barriga fosse feita só de x-mico — comentou Violeta.

— O que é um x-mico, pelo amor de Deus? — Aurora começou a rir.

Eu também não conseguia ficar séria.

— É o meu sanduíche favorito. Pão, mel, banana e canela — explicou Violeta, suspirando.

Ela era completamente apaixonada pelo x-mico, e olha que de *x* não tinha nada, porque nem queijo tinha, pelo visto.

Aurora e eu ficamos um pouco enjoadas só de pensar em comer banana no pão, então fizemos uma careta de nojo, mas logo voltamos a gargalhar.

Quem diria que a ruivinha com cara de guaxinim conseguiria melhorar meus dias na escola?

De repente, o mundo parou, porque Gustavo passou pela gente. Ele sorriu para mim e ajeitou os óculos, com as bochechas coradas, meio tímido.

Acenei de volta na hora. Ai! Era um fato: o cara mais lindo de toda Curitiba tinha me convidado para ir à festa com ele!

— Toma essa, Poli Pamela! — rosnei.

— O que você falou? — perguntou Aurora.

— Ela falou "toma essa". Eu escutei. — Violeta me entregou sem hesitar, coçando o nariz.

— "Toma essa"? Por que você falou "toma essa"? — A outra fez a mesma careta de quando contei do caldo de galinha.

Eu ia responder quando, de canto de olho, vi Joon no corredor. Ele atrapalhou tudo! Droga!

Aurora seguiu meu olhar.

— Você ouviu a história, né? — cochichou ela ao vê-lo. — Dizem que, na verdade, a família dele veio para cá para ter um pouco de paz. Porque não aguentavam mais as fãs do Joon. Sabe dessa fofoca, não sabe? De que ele é mesmo muito famoso?

Ela deu uma risadinha aguda.

— Famoso? — Violeta apertava os olhos quando estava intrigada. — Por que alguém muito famoso estudaria onde Afonso perdeu as botas?

— É Judas, Violeta — falei, me perguntando de onde ela tinha tirado Afonso.

— Outro descalçado por aí — lamentou ela. — Mas, hein, de onde tiraram essa história de fãs?

— Ué, é o que andam dizendo por aí... — disse Aurora.

— *Quem* anda dizendo *o quê* por aí? — questionou Violeta.

— Olha, só sei que a Alice me contou que ouviu o Eduardo comentar com a Gaby que a Mariana tinha ouvido a mãe conversando sobre isso com o tio do Pedro, que é professor aqui e que agora está de licença, sabe? Enfim, ele disse que o Joon era um *idol* que ficou famoso bem jovem e faz muito sucesso na Coreia do Sul. Não sei, deve ser verdade, é muita gente envolvida no relato.

— Mas se ele é famoso, não teria um monte de jornalistas atrás dele, inclusive aqui na escola? — Os olhos apertados de Violeta tinham evoluído para uma expressão séria, a desconfiança contorcendo o rosto cheio de sardas. A Sherlock Holmes de Curitiba não estava para brincadeira, — Ou gente biruleibe filmando o garoto até no banheiro, fazendo número dois?

— Ele só é famoso na Coreia, ainda não é uma celebridade mundial, entendeu? A carreira dele está em ascensão — respondeu Aurora, como se fosse a assessora de Joon.

Foi em meio a esse diálogo atordoante que eu e ele trocamos um olhar, mas não nos cumprimentamos. Acho que estávamos ambos envergonhados com o nosso acordo. Aquilo precisava continuar em segredo.

— Ele começou a se sentir mal com tanto assédio, aí os pais resolveram mudar de país para ajudá-lo a dar um tempo e melhorar — explicou a assessora Aurora, soltando uma risadinha estridente.

Será que ela tinha uma queda pelo Joon? Ou era só fofoqueira? Isso não me irritava nem um pouco. Claro que não. Por que me irritaria?

Violeta olhou na direção de Joon e, do mais absoluto nada, gritou:

— Ei, garoto que veio da Coreia do Sul!

Pelo amor de Deus!

Joon virou para trás, mas dessa vez o cabelo não se moveu, já que estava escondido pelo boné. (Eu nem senti falta dos fios deslizando e soltando aquele cheirinho de floresta, só para constar.)

Violeta sorriu para ele e perguntou:

— Tudo bem com você?

Aurora e eu estávamos paralisadas. Ela, hipnotizada por aquele momento constrangedor. Eu, encarando os cadarços dos tênis, tentando esconder meu rosto vermelho de vergonha alheia pelo que Violeta tinha acabado de fazer.

Joon esboçou um ligeiro sorriso e acenou com a cabeça, mas continuou andando.

— Olha, ele não me parece estar mal, não — decretou Violeta, muito confiante em sua leitura de pessoas.

Ela levou exatos quatro segundos para tirar essa conclusão. Eu contei.

— Se ele não fosse famoso, por que andaria de boné e sempre de moletom de capuz? — perguntou Aurora, na pose de quem entende tudo de celebridades.

— Olha... — Violeta coçou a cabeça. — Estou achando que ele é famoso tipo minha prima Sueli, que conseguiu duzentos seguidores no perfil dela de pão caseiro e parou de falar com a família. Minha mãe disse que o sucesso subiu à cabeça.

Um pouco mais calma, consegui entrar na conversa.

— Violeta, ficou doida? Por que você gritou para o garoto assim, do nada, no meio do corredor? — perguntei.

Na verdade, eu estava um pouco chocada. Porque vendo a coragem da minha amiga, me dei conta de como eu era uma covarde quando o assunto era vida social.

— Doida por quê? Porque falei com um garoto? — Seus olhos de guaxinim pareciam confusos. — Ah, isso é fácil. É só você não estar a fim dele.

Aurora observou Joon se afastar.

Ela estava olhando descaradamente para o *bumbum* dele?!?!?!

Como nada é tão ruim que não possa piorar, vi Poli Pamela se aproximar da gente.

Andava de mãos dadas com um garoto. Ele era um ano mais velho e, assim como Poli Pamela, muito popular. Se os dois fossem vendidos juntos na Bolsa de Valores, teriam as ações mais em alta do mercado. Enquanto passavam, as pessoas iam se afastando e abrindo passagem como se o casal fosse radioativo. Eu sabia o motivo: não importava quem Poli Pamela estivesse beijando. Tudo na vida dela sempre parecia falso.

Sinceramente, aquela era a garota mais falsa que eu conhecia, com uma vida em que tudo parecia milimetricamente roteirizado.

— Por que a Poli fala tão alto? Será que os seguidores dela não têm uma audição muito boa? Ela deveria legendar os vídeos então, sabe? Ajudaria muito — argumentou Violeta, intrigada.

A influenciadora pegou o celular e começou a gravar.

— Olá, polers! — exclamou ela, fazendo um "V" de vitória forçado, tão forçado quanto aquele romance súbito com o garoto do segundo ano.

— Ela berra para as pessoas não perceberem que ela não tem nada a dizer — falei, sem pensar.

Aurora se voltou para mim com os braços cruzados e com uma expressão que eu já tinha visto várias vezes. Era igual à dos coaches na orelha dos livros de autoajuda e "desenvolvimento pessoal" que minha mãe adorava comprar. Então falou, com uma voz de alguém uns vinte anos mais velho:

— Cuidado, Talita. Estou vendo bastante amargura nesse comentário.

Nem precisei explicar meu ódio genuíno por Poli Pamela, porque o conhecido apito da fábrica tocou, e entramos na sala.

Mesmo ali dentro, o cheiro de melado com leite condensado, baunilha e torta de limão lambeu o rosto de todo mundo. Cheguei a ficar tonta e considerei seriamente me deitar na carteira, mas me segurei. O ar estava tão açucarado que eu não estranharia se mudasse de cor a qualquer instante, transformando-se numa neblina listrada de vermelho e branco, igual àquelas bengalinhas doces de Natal que vemos nos filmes.

A imagem de Poli Pamela conversando com a câmera do celular ressurgiu na minha mente.

O cheiro estava mais forte naquela manhã ou era impressão minha?

De repente Poli Pamela ressurgiu na minha mente, apontando para o meu tênis naquele dia idiota em que a menina com camiseta de banda vomitou no meu pé. Ela filmando o que tinha acontecido como se aquele tipo de coisa nunca acontecesse com pessoas do nível dela. Por isso eu era tão interessante, uma verdadeira atração de circo.

Ah, ela ia ter o que merecia. Ah, se ia. Gustavo e eu ficaríamos juntos, seríamos o casal mais admirado da escola, e a Poli Pamela nunca mais riria de mim.

A ideia colou no meu cérebro como se estivesse banhada no cheiro enjoativo de glacê que chegava pelo ar.

Quase não prestei atenção nas aulas seguintes.
Eu tinha que aprender a beijar.
Não. Eu precisava ser a *melhor* nisso.

Joon não tentou tirar o sapato dessa vez.

Ouvi o estômago dele roncar assim que pisamos na sala. Foi tão alto que, por um segundo, achei que havia um cachorro rosnando na minha casa.

Ri, desconfortável por ele. Afinal, nada era mais desesperador do que nosso corpo fazendo sons involuntários perto de pessoas com quem não temos intimidade. Uma vez minha barriga fez uns barulhinhos em plena sala de aula, em meio ao silêncio sepulcral de uma prova. A garota da frente se virou para trás na hora, mas fingi também ter ouvido algo estranho. Minha atuação foi digna de *E O Vento Levou* — minha mãe já assistiu a esse filme umas catorze vezes, e fui obrigada a acompanhar pelo menos três delas. A menina sorriu, quase se desculpando por ter suspeitado de mim, e meu coração voltou a bater no ritmo normal.

Só que, pelo jeito, Joon não estava nem aí. Mesmo com o estômago parecendo um liquidificador, ele continuou confiante e marrento com sua calça jeans rasgada nos joelhos e… Ué! Ele agora estava com uns brincos de argolinha? Uau, que… que lin… estranho!

Houve outro rosnado de fome. Como ele parecia à vontade, ri da situação, mais relaxada.

— Acho que seu estômago está tentando se comunicar — comentei.

— Tem comida aqui na sua casa? — indagou ele, direto.

Antes de eu responder, Joon já foi entrando na cozinha em uma busca implacável. Não era uma casa muito grande, então foi fácil de encontrar.

— Claro que você pode ir entrando assim na cozinha, viu? — falei, abrindo a geladeira.

Minha mãe sempre deixava o almoço pronto. Tinha macarrão à bolonhesa. De novo.

— Como é a relação da Coreia do Sul com a Itália, hein? — perguntei.

Ele se sentou em uma das banquetas e pegou uma maçã da fruteira na bancada. Mordeu a fruta e respondeu, de boca cheia:

— Tenho quase certeza de que é muito diplomática.

Joon estava sendo... *engraçado*?

— Ah, sim. Tem macarrão à bolonhesa, então. Pode ser?

Meu rosto não escondia a decepção com aquela travessa de espaguete insosso. No caso de um evento apocalíptico, aquele molho esquisito da minha mãe talvez parecesse delicioso, mas na situação atual eu não me surpreenderia se um monstro surgisse daquela lama marrom.

Em vez de fazer uma careta de desgosto, o que seria totalmente aceitável, ele sorriu, demonstrando uma animação de quem estava prestes a comer em um restaurante com um monte de estrelas Michelin.

Será que estava delirando de fome? Porque eu só ficaria animada assim se fosse um bacalhau de altíssima qualidade.

Foi meu pai que me fez gostar de bacalhau. Quando eu era pequenininha, odiava aquele cheiro. Até que um dia ele me fez mudar de ideia ao explicar que, se eu quisesse ser uma mulher refinada, não poderia detestar bacalhau.

Até hoje não sei se isso é verdade... nem se gosto mesmo desse tipo de peixe.

— A comida da minha mãe não é muito boa — falei, porque achei melhor prepará-lo para o que enfrentaria a seguir.

Por mais que não fôssemos amigos, ele não merecia ser pego de surpresa.

— Eu gosto de tudo — respondeu Joon, terminando a maçã na terceira mordida.

Caramba, ele comia com bastante vontade.

Taquei azeite de oliva numa panela e joguei uma porção do macarrão. Joon estava atrás de mim, calado. Eu o ouvi se ajeitar na banqueta antes de puxar assunto.

— Eu estava estudando aquele livro da Frida Kahlo que você me emprestou e...

Ainda de costas, escutei mais um movimento e deduzi que ele havia mexido no cabelo também.

— Fiquei muito impressionado com as pinturas dela — comentou Joon. — Não era bem o que eu esperava.

— E o que você estava esperando? — perguntei.

O molho agora ganhava uma cor mais viva, e dei graças a Deus, já que a ideia não era servir para a visita espaguete com lama.

— Não sei... — Ele pareceu reflexivo. — Acho que uns quadros com moças usando vestidos antigos e homens de peruca.

É, pelo visto nós dois tínhamos muito que aprender.

— As obras da Frida estão mais para órgãos do corpo à mostra e a força do feminino, em composições bem fortes.

O macarrão fez um estalo na panela. Estava no ponto!

— Ela teve uma vida muito difícil? — perguntou Joon.

Servi os pratos e peguei limonada na geladeira.

— Acho que em alguns aspectos, sim.

Só quando me sentei percebi que havia arrumado a mesa feito uma adulta. Uau! Eu tinha organizado um almoço decente para mim e para outra pessoa. Sozinha! Dei tapinhas nas minhas costas mentalmente.

— As pinturas dela fizeram eu me sentir um pouco mais corajoso — murmurou ele, quase como se estivesse num confessionário.

Em seguida, enfiou tanto macarrão na boca que imaginei que as bochechas fossem estourar quando tentasse mastigar.

— Desenhar qualquer coisa não é muito fácil para mim... — explicou Joon, ainda de boca cheia. Alguns segundos depois, acrescentou: — ... desde a infância. Mas se a Frida conseguiu, tendo vivido tantas coisas difíceis, talvez eu também consiga. O que você acha?

Joon ficou esperando minha resposta.

— Por que você não consegue desenhar? Tem um motivo? — perguntei, tentando não prestar atenção na bochecha dele suja de molho.

— É uma coisa minha...

Tive a sensação de que não deveríamos estar conversando sobre aquilo, que era pessoal demais. Ele deve ter sentido o mesmo, porque abocanhou mais uma garfada do macarrão e falou:

— Está muito gostoso.

Joon era bom de garfo, isso eu precisava admitir. Minha mãe ficaria feliz se visse alguém comendo o macarrão dela com tanta vontade. Encarei meu prato, tentando encontrar o que existia de tão especial ali.

Como no dia anterior eu tinha mais ensinado do que aprendido alguma coisa, nós combinamos que aquela tarde seria dedicada exclusivamente às aulas de beijo.

Sentada na minha cama, abracei as pernas, buscando uma posição confortável. De pé na minha frente, Joon estava quieto, a não ser pelos suspiros impacientes. Provavelmente estava tentando descobrir por onde começar.

Ele jogou os cabelos pretos para trás, e a essa altura eu já desconfiava de que isso era uma mania. Joon tentou caprichar na didática:

— Ok, vamos lá... Talita. Revisão rápida. Como falei ontem, a primeira coisa é abrir a boca. Isso você sabe fazer, imagino.

Achei que ele estivesse brincando, mas meu professor continuava sério.

— Quando imaginei você me ensinando a beijar, não era bem isso que eu tinha em mente — comentei.

— Pelo jeito, vou ter que ser mais específico. Você precisa deixar a boca... como se diz? Entreaberta. Assim... — Ele afastou os lábios, o maxilar relaxado.

Eu o imitei.

Quando Joon puxou as mangas da jaqueta, vi que era um sinal de que estava na hora da ação. Ótimo! Era disso que eu precisava.

— Em um beijo, como expliquei ontem, você precisa perceber o outro — continuou ele. — Em alguns momentos, você vai se deixar levar. Em outros, vai conduzir.

— Abstrato demais. Seja mais prático — respondi, dando tapinhas no colchão feito uma criança mimada. — Não estou entendendo!

Minha frustração nem sempre se manifestava com maturidade.

Joon segurou meu pulso, contendo minha onda de irritação, e me puxou para que eu ficasse de pé, diante dele.

O toque... foi firme, mas gentil, e isso foi o suficiente para que de repente eu ficasse animadinha. Só que em seguida me dei conta de que estar tão perto assim de um garoto ainda era algo novo... e diferente.

Fiquei sem fôlego, como se todo o ar em volta de mim tivesse sido sugado para uma realidade alternativa. Quando pedi para que fosse mais prático, não imaginei que Joon fosse seguir um caminho tão literal. Não era o nosso combinado.

Eu me afastei com um pulinho.

— É só uma simulação — explicou ele, parecendo quase entediado. É, Joon devia estar me achando bem boba. — Primeiro você precisa dar conta de um beijo de mentira. Senão, como vai beijar esse tal de... Como é mesmo? Guilherme?

— Gustavo — corrigi.

Droga, Joon estava certo.

Eu me esforcei para me recompor, porque meu coração parecia um personagem do desenho *Corrida Maluca*. Dei um passo à frente e me aproximei.

— Tudo bem. Vamos lá — disse Joon. — Então eu sou esse tal de Gustavo, e nós estamos na Festa de Inverno. Estamos dançando e, de repente, começo a me inclinar.

Ficamos em silêncio enquanto Joon aproximava o rosto do meu. Visualizei o momento, tentando pensar no Gustavo. O frio na minha barriga anunciava a chegada de uma nevasca inédita em Curitiba.

— Olha para a boca dele. Lembra?

Algo na maneira como ele sorriu tirou minha concentração.

— E-entendi — gaguejei.

Meus olhos continuaram grudados no pescoço de Joon. Foi aí que descobri uma pinta bem pequeninha, perto do pomo de adão. Nossa, como é que as pintas surgiam assim, em lugares tão...

— Talita! Olha para a minha boca — ordenou ele, ainda mais sério.

Caramba, por que meu corpo não me obedecia? Eu não conseguia olhar para a boca de um garoto! Eu era um fracasso total. O Gustavo nunca ia gostar de mim, eu ia me tornar uma mulher sem relacionamentos amorosos, morreria sem nunca ter transado.

Joon se cansou de esperar e se afastou de mim. A respiração dele estava profunda. Acho que estava se segurando para não se irritar comigo.

— Escuta, você não queria aprender a beijar? — perguntou ele.

— Quero. Quero, sim. Beleza. Ok! Estou olhando, estou olhando. Está vendo? Estou olhando para a sua boca.

Calma, Talita! É só um ensaio. Você ainda não está na festa, diante do amor da sua vida. Você só tem que escutar o que Joon vai ensinar e, bem, aprender.

— Você está parecendo apaixonada. Erro de principiante — disse ele.

Ah, pronto. O garoto metido a sabe-tudo, que andava pelo corredor do colégio sem olhar para ninguém, estava de volta. Só que ali era minha casa, e Joon estava debochando de mim, dos meus medos, enxergando minhas inseguranças e, ainda assim, sendo um completo idiota.

Que menino mais insensível!

— Desculpa! Nossa! Como eu fui me esquecer de sair por aí beijando um monte de garotos de quem eu não gosto, só para que me sentisse pronta quando o cara de quem eu gosto finalmente me chamasse para sair? — Meus olhos se encheram de lágrimas. Ai, minha nossa, por que eu estava com vontade de chorar? Limpei o rosto com raiva e engoli a tristeza que causava um nó na minha garganta. — Acho que esqueci de anotar isso na minha lista de tarefas.

Houve apenas silêncio. Só dava para ouvir minha respiração ofegante. Eu estava frustrada com tudo aquilo.

— Desculpa, tá? — disse ele, sério, a voz amigável de novo e as mãos escondidas nos bolsos.

Joon se curvou levemente para ficar na altura dos meus olhos. Não havia reparado que tínhamos uma diferença de altura tão significativa.

Concordei com a cabeça. De repente, me senti envergonhada por ter permitido que um garoto que eu mal conhecia tivesse me visto tão emotiva. *Talita, você é uma idiota.*

Por que estava tão nervosa? Será que ele notou que quase chorei?

— Bom, vamos lá... — retomou Joon. — Você inclina um pouco a cabeça para o lado contrário ao dele. Se ele for para lá... — Joon inclinou a cabeça para a direita. — Você vem para cá. — E apontou para a esquerda com os olhos. — E deixa os lábios relaxados.

Abri um pouco a boca, como ele tinha ensinado. Joon me examinou, como se procurasse cáries nos meus dentes.

— Talita, seus lábios estão meio tensos. — Ele piscou várias vezes, inconformado com a minha dificuldade. Talvez eu devesse mesmo desistir de ir à festa com o Gustavo e me poupar desse vexame. — Eles precisam estar menos esticados, mais relaxados. Senão o cara vai beijar seus dentes.

Tá, relaxar. Pronto, acho que agora eu tinha conseguido.

— Não, não faz esse bico — orientou ele, tentando parecer sério, mas deixou uma risada escapar.

— Eu não estou fazendo bico! — protestei.

Eu me virei e me olhei no espelho. Definitivamente não parecia uma garota que queria um beijo, e sim uma criança pedindo uma chupeta.

Jesus amado, eu era patética.

Desfiz a expressão forçada da boca. Tentei de novo.

— Talita, relaxa... — pediu Joon, e então segurou meu rosto com uma das mãos.

Com a outra, apontou para os lábios dele. Uau... daquele ângulo, a boca de Joon me lembrava uma nuvem macia. Os lábios pareciam sempre prontos para um beijo. Eram rosados, arrebitadinhos, hidratados. Os do Gustavo formavam casquinhas às vezes.

— Faz assim. Está vendo? — indicou Joon.

— É o que estou fazendo, ué.

— Ok, melhorou.

Joon soltou meu rosto, e senti uma onda de eletricidade percorrer meu corpo. O que era aquilo? Pelo visto, eu estava conseguindo imaginar que era mesmo o Gustavo ali na minha frente.

— E agora? — perguntei, injetando ânimo na voz.

Joon já tinha me visto implorar, procurar uma caneta no sutiã, quase chorar de insegurança... Ele era o garoto com quem eu mais havia conversado em toda a vida. Ainda assim, não precisávamos deixar tão evidente o fracasso da minha vida amorosa, né?

— Bom, ele vai colocar a língua na sua boca. E é isso.

Joon se virou e pegou a mochila do chão, num movimento um pouco abrupto.

— Espera! Eu preciso saber o que fazer quando a língua dele estiver na minha boca.

— E como você espera que eu explique isso para você?

Ele riu, como se estivesse conversando com um bebê coala.

— É que não vou saber como agir quando essa parte chegar — confessei, sem graça.

Joon voltou a ficar sério. Para ele, beijar era algo óbvio, então era como se eu estivesse implorando que me ensinassem a usar um garfo.

Joon ajeitou a mochila nas costas e ergueu as mãos, uma de frente para outra. A sensualidade entre dedos ia recomeçar.

— Ele vai enfiar a língua assim, e você vai corresponder assim.

Os dedos se acariciavam e, ainda que eu me esforçasse, não conseguia relacionar aquilo ao beijo que Gustavo me daria.

— Eu não estou entendendo. Preciso que você explique direito. — Minha voz foi afinando, e lá estava eu outra vez, quase dando um chilique.

A que ponto eu tinha chegado? Quanta humilhação.

— Mas é impossível ensinar isso assim.

Dava para ver que Joon estava arrependido de ter aceitado me ajudar.

Caí sentada na cama, derrotada. Queria chorar de novo, então escondi o rosto com as mãos. Como Gustavo ia continuar interessado em mim depois que eu mordesse a língua dele ou nossos dentes se batessem?

— Talita, estou sendo honesto com você.

Suspirei, conformada. Ainda com o rosto enterrado nas mãos, esperei o barulho da porta do meu quarto anunciar que Joon tinha ido embora. Mas não ouvi nada.

Então ergui o olhar. Ele ainda estava ali, parecendo até meio aborrecido por não conseguir ir embora.

Joon estava com pena de mim. *Pena!*

Eu sei, devia ter ficado envergonhada, mas, pela primeira vez, agradeci por ser tão patética. Pelo menos ele não tinha desistido de me ensinar a beijar.

Então do nada Joon me puxou outra vez pelo pulso, do mesmo jeito firme e gentil, e me colocou em pé na frente dele.

— Esta é a sua língua. Esta é a língua dele — indicou, me mostrando os dois dedos indicadores. — Está acompanhando até aqui? — Assenti. Ele continuou: — As bocas estarão encaixadas. Aí vocês vão fazer coisas assim. — Um dedo começou a acariciar o outro, a se enrolar no outro, e então a brincar com o outro. Engoli em seco. — Entendeu?

— Está um pouco mais fácil de entender… — Minha voz saiu rouca, porque até minhas cordas vocais estavam tensas. — E como eu faço para não bater meus dentes nos dele?

— É só você não bater os seus dentes nos dele — respondeu Joon, sem rodeios.

— Escuta aqui, você aceitou me ajudar.

Eu não ia lidar com aquele deboche de novo.

Ele jogou as mãos para o alto, se rendendo.

— Olha, os seus dentes simplesmente não podem estar no caminho. O que mais você quer que eu diga?

O rosto confuso mostrava que Joon não tinha ideia de como deixar mais claro algo que para Joon, e talvez até para habitantes de outros planetas, era tão intuitivo.

— Mas os dentes são fixos, eles ficam no meio do caminho — falei.

— É só você manter os lábios em ação, e os dentes não vão ba...

Joon largou a mochila no chão, mas tive a impressão de que seu desejo mais profundo era jogá-la bem no meio da minha cara.

— Em ação? Como assim? — falei, antes que ele terminasse a frase.

Agora eu estava brava. Por que Joon não podia se esforçar para me explicar aquilo direito?

— Em movimento, sei lá!

Joon também estava bravo.

— Você precisa ser mais claro!

— Você quer que eu desenhe?

— Você nem sabe desenhar! — explodi, pronta para socá-lo no meio da cara.

Só que, em vez de nos engalfinharmos e rolarmos pelo chão trocando socos, Joon soltou uma gargalhada. E continuou rindo.

Nossa, que bom que ver uma garota se afundar na areia movediça de sua vida amorosa era um excelente entretenimento. Aproveite a vista dessa tragédia anunciada! Fique à vontade, Joon!

— Eu conheço o Gustavo? — perguntou ele, se sentando na cama.

— Não sei. Ele vive andando pela escola de jaleco. Você já deve ter visto.

Para ser sincera, eu não queria falar do Gustavo, nem da festa, nem de beijo nenhum. Eu queria me mudar para um iglu no meio do Alasca — e talvez fosse um bom momento para reconsiderar aquela passagem só de ida que minha mãe talvez comprasse para mim.

— O cara que se veste como se tivesse setenta anos? — questionou ele, perplexo, arregalando tanto os olhos que pensei que fossem saltar das órbitas.

A sorte dele é que eu não tinha nenhum objeto pontiagudo no quarto.

— *Aquele* é o Gustavo? — insistiu Joon.

O idiota não parava de rir.

— Ô, garoto, você é do *Esquadrão da Moda* agora? Quer morrer, é?

Joguei o travesseiro na cabeça dele, e parte de mim torceu para que, por um milagre, o objeto se transformasse em uma lâmina, só para fazê-lo calar a boca. Mas o garoto segurou o travesseiro no ar sem qualquer dificuldade.

— Ok, ok, desculpa! — disse Joon, jogando o travesseiro de volta.

— Pelo menos ele tem personalidade. E não se veste igual a um membro de *boy band*.

Sim, eu estava julgando os brincos de argola e os rasgos na calça.

— Não entendo por que você está tão preocupada com esse beijo. Duvido que aquele cara seja muito melhor que você.

— Eeeeeei! — Dessa vez, falei mais alto e arremessei o travesseiro com mais força.

Ele riu quando o acertei na cabeça.

— Você é arrogante mesmo, né? — provoquei, furiosa. — Só porque os coreanos acham que sabem se vestir, só porque vocês têm essa tradição de beijar bem, você acha que é melhor do que os outros?

— O quê? Desde quando os coreanos têm a *tradição* de beijar bem? — Ele jogou o travesseiro para mim.

Eu me sentei no tapete, para me afastar, mas Joon escorregou até o chão para ficar do meu lado. Aqueles olhos felinos brilharam com curiosidade e dúvida. *(Isso não quer dizer que você está chamando o Joon de gato, Talita! Que fique claro!)*

— Eu assisti a um k-drama que minha amiga indicou. Acha que escolhi você para me ensinar a beijar por quê?

Não sei o que eu tinha dito de tão engraçado, porque Joon soltou uma gargalhada ainda mais alta. Até caiu para o lado, segurando a barriga, sem ar de tanto rir. Por mais que eu protestasse, ele não conseguia parar. A risada era tão gostosa que acabei contagiada. Ficamos ali no chão do quarto, rindo sem parar.

— Aliás, você é um péssimo coreano, viu?

— Tudo bem, você me convenceu — disse ele, secando as lágrimas dos olhos. — Preciso representar bem a Coreia do Sul, não posso manchar tantos anos de tradição — falou, todo sério, mas prestes a ter outro ataque de riso.

— Não acredito que você está rindo de um assunto tão sério como esse — repreendi, brincando.

— Então, para fazer jus à minha pátria... — Joon colocou a mão no peito, na altura do coração — ... só me resta ensinar a você, srta. Talita, a ser a garota com o melhor beijo de todo o mundo. Não que eu acredite que esse tal de Gustavo já tenha beijado tanta gente para ser capaz de avaliar, mas...

Ele se esquivou do soquinho que tentei dar em seu ombro, rindo.

— O mínimo que eu espero é beijar muito bem, depois dessa humilhação toda — falei.

— Certo. Entrando em uma nova etapa do nosso importantíssimo treinamento, aqui vai a dica número um: durante o beijo, puxe com a boca o lábio dele de vez em quando. E segure a língua dele com seus lábios. Uma menina fez isso uma vez, e eu gostei.

Ele sorriu com a lembrança e, por algum motivo, meu rosto esquentou.

Joon estava tão à vontade falando sobre isso que, bom, foi inevitável ficar um pouquinho curiosa. A respeito do beijo dos coreanos. Como um todo. Não o dele especificamente. Não, não.

— Não sei se vou ter coragem de fazer isso — respondi.

— Bem, o que mais... — Ele tamborilou nos joelhos, que estavam parcialmente à mostra pelos rasgos da calça. — Coloca as mãos nos cabelos dele. Enquanto vocês se beijam. Isso é legal também.

— Beleza. Só que eu ainda não entendi a parte dos dentes. Como eu vou administrar os dentes no meio de tudo isso?

Joon respirou fundo e mexeu no cabelo.

— Você não está entendendo nada do que eu estou explicando, né? — perguntou ele, dessa vez com mais delicadeza.

Ficamos em silêncio por um instante. Então desviamos o olhar um do outro ao mesmo tempo. Porque tanto eu quanto Joon sabíamos que só tinha um jeito de ele me fazer entender como tudo aquilo funcionava.

Era me mostrando. *Na prática.*

— Acho que a gente pode continuar na segunda que vem — sugeriu. Joon se levantou e pegou a mochila. — Segunda vamos de Artes, certo?

— Artes! — Eu praticamente gritei. E, em vez de "Artes", quase saiu um sonoro "socorro". — Artes, com certeza Artes.

Sorri, mas a sensação era de que o constrangimento estava contorcendo todo o meu rosto.

Eu o acompanhei até a porta da sala e o observei sumir rua afora. Antes de entrar de volta em casa, vi um garoto e uma garota se beijando do outro lado da calçada, sentados no meio-fio. Um espasmo muscular fez minhas pálpebras tremerem. Acho que isso acontecia quando eu ficava nervosa.

Ok, eu sabia o que fazer.

Brigadeiro de colher e rolar o feed.

NA SEGUNDA-FEIRA, ACORDEI E DESCOBRI QUE UM ARROBA qualquer havia feito um vídeo no TikTok respondendo ao meu comentário sobre a Poli Pamela. Eu tinha uns cem seguidores em todas as redes sociais juntas, o que era a mesma coisa que falar sozinha, então ver aquela garota usando aplicativos de simular tela verde só para rir do meu comentário, incentivando que todos detestassem a Poli Pamela, me deixou, digamos, inquieta — embora eu não tivesse dito nenhuma mentira: ela tinha curado minha insônia com tamanha chatice.

Ainda assim, escrevi aquele comentário na hora da raiva — e ok, do desespero —, mas eu não era dessas pessoas que viviam para destilar ódio na internet. Corri para ver a quantidade de seguidores que a garota da tela verde tinha. Tá, cento e vinte seguidores. Não era o fim do mundo. E as curtidas daquele post? Deixa eu ver, deixa eu ver… Trinta e seis? Ah, trinta e seis ainda era praticamente falar sozinha.

Agora eram trinta e sete.

Ok, trinta e nove.

Fechei o aplicativo. Estava tudo bem, não era uma tragédia surgindo no horizonte nem nada. Era só um TikTok de um comentário feito por um perfil fake. Ninguém descobriria. Tudo sob controle. Quando me sentei para tomar café com minha mãe, já nem estava mais pensando nisso.

Mas então levei um pequeno susto — não tão intenso a ponto de me causar arritmia, mas também não tão minúsculo a ponto de eu não notar. Então podemos dizer que foi um sobressalto, acho.

Minha mãe estava mexendo o café, os olhos cheios de lágrimas. Considerando que 1) ela não tinha berrado meu nome naquela manhã para vir até a mesa, e 2) não saía nem uma fumacinha do café, o que significava que ela devia estar ali havia algum tempo, a situação era digna de atenção.

— Mãe?

Ela não me respondeu.

Era cedo para chamar uma ambulância?

— Que misto-quente é esse? — perguntei, tão preocupada em não soar desesperada que acabei exagerando um pouco no entusiasmo.

Se alguém de fora tivesse ouvido aquilo, pensaria que eu nunca tinha visto um sanduíche em toda a minha vida e estava deslumbrada com a genialidade de quem teve a ideia de colocar coisas entre fatias de pão.

Dei uma mordida e, ainda de boca cheia, elogiei:

— Uau! E com requeijão em vez de manteiga! Mãe, sério, esse é o melhor misto-quente que eu já comi na vida.

O "obrigada" da minha mãe foi mais um resmungo, e aquilo murchou minha empolgação. Tentamos conversar durante o café da manhã, mas me senti em um episódio de uma série sobre uma família infeliz. As palavras meio que derrapavam, saíam pela metade, a gente não se olhava e, por alguma razão, ainda que eu não soubesse o que estava acontecendo, meu coração foi ficando apertado de ver minha mãe daquele jeito. Quando me dei conta, a tristeza dela, sei lá como, havia virado a minha.

Falei, tentando achar rotas de fuga daquela sensação desconfortável:

— Mãe? Você ouviu o que eu disse? Foi o melhor misto-quente que…

Ela começou a chorar.

De verdade.

Chorar de soluçar.

Eu sabia que não era um bom sinal quando minha mãe chorava daquele jeito na minha frente. Porque, geralmente, ela chorava escondido. Eu tinha feito alguma coisa? Por que eu não conseguia fazer nada direito? Droga. Duvidava que a mãe da Violeta chorasse assim no café da manhã. Só choraria se tivesse uma filha como eu.

Minha mãe enfiou o rosto entre os braços apoiados na mesa, ainda chorando copiosamente. Eu não conseguia me mover. Nada muito esperto vinha à minha mente para nos tirar daquela situação. Queria pedir desculpas, mas pelo quê? Por eu não ser como a Violeta? Por eu não ter sido boa o suficiente para o meu pai ficar com a gente?

Calma. Talvez o choro dela fosse como uma chuva forte, que vem numa pancada, mas passa rápido. Certo? Podia ser só uma emoção passageira por conta de algum filme cult a que ela tinha assistido.

Ou ainda poderia ser o divórcio. Ela estava chorando por causa disso?

Não, por favor, eu não queria falar do divórcio. Nós já tínhamos conversado sobre isso. Não havia mais o que dizer, nem o que colocar para fora, sabe? Eu não queria pensar naquela cena de novo: meu pai com as malas, a casa em silêncio, eu entendendo que parte da culpa era minha. Se eu fosse melhor, se eu fosse mais inteligente, ou menos antissocial, ou menos desinteressante, talvez meu pai tivesse escolhido ficar.

O misto-quente foi virando cimento no meu estômago.

Eu não queria pensar nisso, nem conversar sobre isso, muito menos lembrar que essa era a minha vida. Que eu tinha que dormir e acordar fingindo que as pessoas iam embora assim que eu me apegava a elas, fingindo que eu não era um peso para a minha mãe, que não fazia tanto tempo que eu e meu pai não conversávamos.

— Mãe, o misto-quente. Eu quero falar do misto-quente. Por favor.

As lágrimas se acumularam nos meus olhos. A garganta queimava como se eu tivesse engolido um copo de enxaguante bucal com álcool. Se eu não tomasse uma atitude, a situação ia sair completamente do controle.

— Mãe... — supliquei, na esperança de que ela voltasse à nossa rotina.

Eu só queria que ela me criticasse por ter assistido a alguma série que considerava rasa, aí eu fingiria de novo que havia pesquisado a respeito de várias faculdades e pronto. Normalidade, harmonia, alegria.

— A Ursula Crystal morreu! — explodiu minha mãe, a voz abafada pela toalha de mesa.

Acho que a tensão não me deixou processar a informação. Pensei que não tivesse entendido.

— O q-quê? — gaguejei, limpando a umidade do rosto antes que alguém me flagrasse naquele estado.

— Ursula Crystal, autora de um dos meus livros favoritos: *Alimentar, digerir e evoluir* — explicou minha mãe, levantando a cabeça. — Ela foi voluntária em um estudo internacional para o desenvolvimento de um tratamento holístico voltado para alergias crônicas, mas teve uma reação adversa e acabou falecendo. Um exemplo de mulher, Talita. Um exemplo.

Juro. Foi isso que ela disse. Foi exatamente isso que ela disse.

A testa da minha mãe estava marcada pelas joaninhas bordadas na nossa toalha de mesa. Uma das marcas em baixo-relevo dava a impressão de que havia um inseto saindo da sobrancelha esquerda cabeluda da minha mãe. A outra joaninha lembrava um terceiro olho, só que tão torto que poderia ter sido feito no Paint.

Ela enxugou as lágrimas com um guardanapo e puxou o ar profundamente, como se aquilo não fosse um apartamento de setenta metros quadrados, e sim um campo aberto de tulipas. Em seguida, bateu a colherzinha na xícara para as gotículas de café caírem e sorriu, o que fez as joaninhas se mexerem na testa dela.

— Como está a escola, Talita? — perguntou minha mãe, como se nada estranho, desesperador e desconcertante tivesse ocorrido.

— Está ótima, mãe — respondi.

— Que bom, filha. Fico feliz! O que achou do misto-quente?

— O requeijão e o meu espanto deram um toque especial.

— Fiz com amor — afirmou ela, já vendo as notícias do dia no celular.

A resposta deixou claro que ela não tinha prestado atenção a uma vírgula do que eu havia dito.

Eu amava minha mãe, mas não era todo dia que gostava dela, e confessar isso era uma forma de ser honesta comigo mesma.

Saí de casa tão atordoada que não lembrava nem se tinha lavado o rosto direito. Provavelmente devia estar com remelas nos olhos, o que era apenas um detalhe quando se estava atrasada.

Se eu corresse, chegaria a tempo da primeira aula.

Passei pelo portão da escola e lá estava Violeta. Só que... cercada por um monte de garotas.

Espera.

Por que esse pessoal estava em volta da Violeta? Aliás, uma Violeta bem vermelha e sem fôlego, a ponto de ter uma síncope.

Afastei todas as garotas e pedi espaço para a menina respirar.

— Violeta, o que aconteceu? — perguntei, nervosa. Segurei o rosto dela para obrigá-la a olhar para mim. — Violeta?! Ei, você está me ouvindo?

— Por que você está gritando, Talita? — Ela piscou várias vezes, me encarando como se eu não estivesse tentando socorrê-la, mas fazendo algo estranho, tipo cantar o hino nacional no meio da calçada sem nenhum motivo específico.

— Garota, você está morrendo ou não? — Dei um tapa no ombro dela, e a sem-noção riu.

Que manhã esquisita.

— Ih, Talita. Você acha que não, mas já me ama como sua melhor amiga, viu?

Violeta teve a *audácia* de falar isso na frente das outras garotas, várias da nossa sala.

Houve um breve debate entre Violeta e as outras meninas sobre levá-la para a enfermaria, mas todas chegaram à conclusão de que não era necessário. Então, elas se afastaram em direção às salas de aula, e eu fiquei ali, porque Violeta *ia* me explicar o que estava acontecendo, querendo ou não.

— Aquele garoto... de quem eu tinha falado... o da nossa sala.

— Para de falar frases soltas, pelo amor de Deus. — Eu limpei o suor da testa dela com a barra do meu casaco. — Conecta, vai.

Estalei os dedos no ar para reforçar a urgência da minha preocupação.

— Aquele que tinha me convidado para ir à festa — cochichou ela, ainda que alto demais para um sussurro. A voz acabou saindo engraçada, igual a quando minha mãe fala segurando uma tosse.

— O que tem ele? — perguntei, ajeitando o cabelo de Violeta, que estava todo embolado na parte de cima.

— Ele estava me esperando hoje aqui na entrada do colégio. — Os olhinhos dela brilharam com as lágrimas. A garota apertava as mãos na altura da barriga, como se estivesse segurando um piriri. — E aí ele perguntou se eu tinha uma resposta sobre a Festa de Inverno.

— E o que você disse, Violeta?

O cabelo ruivo dela se recusava a voltar para o lugar, então o deixei livre. Nada nela parecia passível de ser contido.

— Eu corri — murmurou ela.

Violeta começou a chorar, sem soltar as mãos uma da outra, sem sair daquela pose de dor de barriga, os cachos do cabelo ruivo indo cada um para um lado, como se tivessem brigado e decidido seguir caminhos diferentes. As lágrimas escorriam, silenciosas, sobre as sardas, e minha amiga parecia um pônei que havia recebido a missão de enfrentar um tigre.

— Não sei o que vai acontecer se eu aceitar — disse ela, meio desafinada, a voz ranhosa.

Abri a mochila e peguei os lenços de papel que minha mãe sempre colocava ali para o caso de eu ter uma crise alérgica (que nunca tive) ou um resfriado fortíssimo (que fazia tempos que eu não tinha). Dei para Violeta. Ela assoou o nariz tão alto que deviam ter ouvido lá na sala dos professores.

— O que você acha que pode acontecer? — perguntei com cuidado, tentando não pressioná-la.

— E se ele quiser namorar comigo? E se eu for obrigada a entender dessas coisas? — questionou, nervosa.

Ela não parava de balançar aquele papel gosmento no ar e, por um minuto, meu coração ficou apertado, tomado de afeto pela menina meio esquisitinha na minha frente.

— Que coisas?

— Essas coisas de gente grande. Sentimentos... Saber como é ser uma boa namorada... — A cada palavra, o choro aumentava.

Caramba, Violeta estava com medo de verdade.

— Acho que você não precisa ter uma resposta, Violeta. — Foi a frase mais brilhante em que consegui pensar para consolá-la.

Aliás, quem era eu para dar conselhos, afinal? Estava tendo crises existenciais desde que Gustavo havia me convidado para ir à festa porque não sabia o que fazer com os dentes quando ele me beijasse. Minha credibilidade para dar conselhos era a mesma do papel gosmento na mão dela.

— Não preciso? — disse ela, com olhos de guaxinim me observaram, cintilantes de expectativa.

— Talvez seja só um garoto que te convidou para uma festa. Nada além disso — falei, conduzindo a mão dela até o cesto de lixo mais próximo, com delicadeza.

Aproveitei e comecei a puxá-la em direção à sala.

— Mas e se ele quiser namorar comigo? — insistiu Violeta, pegando um novo lencinho do pacote na minha mão e assoando o nariz outra vez enquanto subíamos a escada do colégio. — Eu não sei namorar.

— Mas você quer ir à festa com ele?

A resposta foi um sorrisão, mostrando os dentes feito uma criança aprontando, o nariz ainda com um pouco de ranho escorrendo.

— Quero — disse, bem baixinho.

— Então aceita, poxa. Você só vai à festa com esse garoto, Violeta, não vai ficar noiva dele nem nada. — Ela sorriu, e foi como se o sol tivesse saído de trás das nuvens e começado a brilhar no meu peito. A sensação calorosa foi inesperada. Fiquei até um pouco envergonhada ao me dar conta do tanto que eu gostava daquela garota. — Cara, você ainda nem sabe limpar o nariz direito, vai namorar como?

Eu não queria que Violeta soubesse que eu me importava com ela, não sei por quê.

A garota me deu um abraço tão forte que, *ai, ai, ai, ok*, meu pescoço ia quebrar.

— Você vai me sufocar, guria — reclamei, mas era mentira.

Estranhamente, eu não estava incomodada. Na verdade, até tinha gostado daquela demonstração de afeto. Acho que ninguém nunca tinha me abraçado assim.

— Você me salvou, Talita. — Ela apertou o abraço um pouquinho mais. — Você é minha *melhor* amiga, sabia?

— Como você é exagerada, Violeta — falei, mas nem eu mesma acreditei naquele desdém.

— Só amigas de verdade veem o ranho uma da outra.

— Tá, tá, agora chega. Pelo amor de Deus, Violeta! A gente tem que ir para a aula — sentenciei, dando um empurrãozinho para me afastar daquele abraço infinito.

Não consegui acreditar no que Violeta fez em seguida. Ela segurou minha mão e disse:

— Temos um pacto.

Segurou-minha-mão.

Com-aquela-MÃO-SUJA-DE-MUCO.

O que eu fiz?

Fiquei paralisada.

Eu estava em choque, é claro.

Ela deu um sorriso enorme e limpou a mão na calça do uniforme. Em seguida, disse que deixaria para roubar minha borracha no intervalo, já que eu tinha sido *muito* legal ao mostrar que ela podia ir a um encontro com um garoto da escola mesmo se não considerasse namorar com ele. Então saiu correndo, berrando para todo o bairro do Cabral que ia dividir comigo, no intervalo, o pedaço de bolo de milho que a mãe tinha feito.

Uau.

Eu tinha uma amiga *de verdade*.

♥ ♥ ♥

Lavei a mão umas quatro vezes.

No caminho até a sala de aula, arrepios ainda surgiam na minha nuca e eu me retorcia de nojo. Violeta era... peculiar. Quem selava pactos daquele jeito?

— Oi, Talita. — Ouvi de repente.

Gustavo passou por mim, e só me toquei de que era ele me cumprimentando depois de alguns segundos.

— Oooooi, Gustavo! A gente se fala depois? — sugeri, piscando.

A espontaneidade da minha reação fez uma voz dentro da minha mente perguntar: "Talita, você está possuída por um espírito de comédia romântica adolescente dos anos 1990?"

— Claro! — Gustavo sorriu, acenando e seguindo pelo corredor, a caminho da sala dele.

Calma. Espera aí. Eu tinha mesmo dado "oi" para o Gustavo daquele jeito? Sem sentir vontade de dar um F5 na minha própria existência, na esperança de renascer como outra pessoa?

— Talita?

Era Joon, escondido pelo capuz do moletom. O modelo do dia tinha dizeres coreanos nas mangas. Um lado do fone de ouvido estava sobre o peito, o outro desaparecido naquele buraco negro entre o cabelo e o capuz, o fio batendo na boca. Por que eu estava reparando em tudo isso?

— Ah, oi.

Quando aqueles olhos de gato encararam os meus, senti o rosto esquentar. Por que eu estava com vergonha? Tá, não era vergonha, era só um desconforto por ele saber que eu sabia que nós sabíamos que na próxima aula de beijo precisaríamos de exercícios práticos. Não tínhamos verbalizado isso, mas a conclusão estava ali, pairando sobre nossas cabeças. Ele podia até se fazer de durão, fingir que nada disso importava, mas, no fundo, eu sabia que...

— O professor de Artes me passou um trabalho extra — contou ele, parecendo nervoso —, para eu conseguir recuperar a nota.

Ah, era disso que ele queria falar. *Ótimo!* A última coisa sobre a qual eu gostaria de conversar era nosso beijo... de língua. A textura dos lábios, o gosto que o beijo de Joon devia ter, ou o que ele faria com as mãos enquanto estivesse com a boca colada na minha... Tudo isso eram detalhes que nem sequer tinham passado pela minha cabeça, coisas pouquíssimo exploradas pela minha imaginação antes de dormir, sabe.

— Há, e aí? — perguntei.

A gente ia resolver a situação dele com a nota de Artes, eu já tinha dito! Por que aquele tom de preocupação?

— E aí que eu preciso entregar esse trabalho amanhã. E você disse que estudaríamos Artes no próximo encontro. Então achei melhor avisar — explicou Joon.

Ele mexeu no cabelo, e foi como se a fábrica de doces tivesse ligado as máquinas, mas em vez de algo muito doce, eu senti um cheiro úmido... Calma, era alecrim de novo? Alecrim *molhado*? Ou só a mais pura água das montanhas?

Talvez um pouco de cada coisa. O cabelo dele estava de fato molhado. Se alguém deslizasse a mão por aqueles fios, poderia pintar o mais lindo céu noturno. Ou a galáxia inteira. Será que, com o passar dos anos, os fios prateados surgiriam ali como estrelas cadentes?

— Talita? Por que você está me olhado desse jeito? — questionou.

O sorrisinho que acompanhou a pergunta de Joon paralisou minhas funções respiratórias. Era como se ele tivesse ouvido meus pensamentos. Respondi que não era nada. E, pensando bem, não era mesmo. Ele só tomou banho para ir ao colégio. Fim.

— Preciso da sua ajuda porque não entendi muito bem o trabalho. Não sei o que fazer — confessou ele.

Senti uma vontade tentadora de falar com uma voz fofinha, porque a insegurança fazia Joon parecer um filhotinho de coala.

O sinal finalmente tocou, e o barulho dos alunos correndo para as salas explodiu.

— Relaxa, está tudo certo! — Ri, ainda me segurando para não apertar as bochechas dele.

— Não está, Talita. Eu não quero desenhar.

Joon secou o suor da testa e, nossa, por que ele estava tão nervoso?

Fiz uma piada, mas ele nem ouviu. Fiquei assustada ao ver o rosto de Joon empalidecendo, o olhar ficando mais rígido. Procurei ao redor, mas não encontrei nada que pudesse tê-lo deixado tão apavorado.

— Joon?

— Eu não vou conseguir, Talita.

O que estava acontecendo?

Ele cruzou os braços para se proteger sei lá do quê, e por um segundo parecia que o desafio não era um trabalho de Artes, mas se livrar da raposa-voadora que havia entrado pela janela da cozinha. (Aliás, eu me arrependo até hoje de ter dado um Google em "raposa-voadora" depois de ouvir a amiga da minha mãe contando, empolgada, sobre ter visto várias delas em árvores gigantes em algum lugar da Austrália. Tenho pesadelos periódicos com esse bicho, ainda que ele só se alimente de frutas.)

Eu entendia aquele medo. Segurei a mão de Joon, solidária como nunca.

— Ei, calma. Está tudo bem, ok? Depois da aula, você vai lá para casa e não vai sair de lá enquanto não estiver com esse trabalho pronto. Prometo — afirmei, apertando um pouquinho a mão dele.

Minha voz soou cheia de confiança, e eu parecia uma escoteira se oferecendo para ajudar um idoso a atravessar a rua. Uma lucidez retroativa golpeou minha falta de vergonha na cara, então soltei a mão do garoto.

O que foi isso, Talita? Desde quando você segura a mão de garotos fragilizados? Imagina se o Gustavo passa e vê essa cena!

Meu momento adorável pareceu não ter contribuído em nada para abrandar o desespero do Joon. Ele só concordou com a cabeça, os lábios um pouco trêmulos, e seguiu para sua aula.

Poli Pamela teve o azar de cruzar comigo bem quando eu estava digerindo o constrangimento de ter sido tão fofa à toa.

— Oi, TaliTênis! — Nossa, como ela era hilária. — TaliTênis não é um apelido muito *diver*? — Eu supus que aquela maluca queria dizer "divertido". Nossa, que orgulho do meu comentário. Estava até achando que tinha pegado leve. — Hoje no intervalo vou fazer um vlog. Se quiser, deixo você aparecer no vídeo. A gente podia criar vários apelidos *divers* uma para a outra.

Poli Pamela falava tão rápido que sua voz parecia alterada por gás hélio.

Ela não estava sendo simpática daquele jeito para tentar ser minha amiga, aquilo só podia ser pura falsidade. O que Poli Pamela estava tentando fazer, de verdade, era zombar de mim. De novo!

A influenciadora nem teve a chance de ver minha expressão de tédio, porque simplesmente me virei e dei as costas, antes mesmo de ela terminar de falar.

— Tchau, Poliana.

Algumas garotas que estavam por perto riram dela e piscaram para mim, em aprovação. Viu? Até elas perceberam que Poli só estava só sendo falsa. Ela estava. Claro que estava. Certo?

Então por que me senti incomodada quando aquelas garotas piscaram para mim? Será que eu tinha sido meio... babaca?!

Senti uma pontada no peito, que se espalhou como um monte de veneno correndo por baixo da minha pele.

Olhei para trás e vi que Poli Pamela estava vermelha.

— Meus seguidores não precisam mesmo olhar para você! — gritou ela, e me surpreendi ao notar que seus olhos estavam cheios de lágrimas.

Sorri, fingindo que estava feliz com aquela vitória, mas assim que me afastei algo se revirou no meu estômago. Bem na hora, o aroma vindo da fábrica de doces — dessa vez eu apostava em bala de morango com calda de caramelo e doce de leite — transformou o corredor da escola em um lamaçal de açúcar. Aquela areia movediça doce pareceu entrar em mim, densa, me paralisando e se misturando ao conteúdo do meu estômago. A imagem de Poli Pamela com os olhos marejados voltou à minha mente. De repente, meu pai, o choro da minha mãe, o medo de beijar o Gustavo e de ele me achar boba, o meu comentário no TikTok se misturaram e se transformaram em uma azia gigante.

Senti um peso me puxando para baixo, exausta.

Que droga de fábrica de doces, que droga de cheiro, que droga de escola, que droga de pai que não me amava, que droga de mãe que achava que eu fazia tudo errado, que droga de adolescência, que droga de Festa de Inverno, que droga, que droga, que droga!

— Você tem que fazer uma releitura de uma obra de arte que signifique algo para você — falei.

Joon encarava os cadarços das botas de montanhismo, pensativo. Eu fazia o mesmo. Eram as botas mostarda mais legais que já haviam pisado em Curitiba.

— Entendeu? — insisti.

Mas o garoto parecia não estar ouvindo.

— Joon?! — falei, quase berrando.

Reparei nele sentado ali no chão do meu quarto, meio relaxado, tipo um motoqueiro, com o cabelo preto caindo no rosto, e pensei que, ok, eram só botas de montanhismo de uma cor ótima. Talvez nem fossem nada de mais. *Certo?*

— É — murmurou ele, sério. — É isso.

Joon balançava a perna, inquieto. Os dedos tamborilavam no joelho sem parar. Ele mordia o lábio, o que despertava em mim desejos incompreensíveis de morder aquele lábio também. *Talita, volta para a luz! Gustavo, Gustavo, Gustavo, Gustavo e ponto!*

Bem, a gente tinha chegado do colégio e ido até a cozinha almoçar. Joon havia comido tudo em três ou quatro garfadas, me ajudado com a louça (fato inédito), e fazia uns vinte minutos que estava sentado em silêncio no chão do meu quarto, enquanto eu me perdia em devaneios sobre botas de montanhismo mostarda.

— Joon, se a gente não se mexer, amanhã você não vai ter trabalho para entregar.

Em qualquer outro dia, eu teria dito aquilo com impaciência, ironia ou irritação. Mas eu estava cansada.

— Acho que vou acabar sendo reprovado mesmo — disse ele, tirando o casaco, o cabelo preto balançando por causa dos movimentos ansiosos.

Fiquei em silêncio, esperando que Joon continuasse, mas ele abraçou as pernas, e qualquer pessoa daria no máximo onze anos para ele naquele momento.

— Quer saber? Dane-se — disparou ele. — Não me importo em ser reprovado. Isso não vai mudar nada na minha vida. Em vez de terminar a faculdade com vinte e dois anos, vou terminar com vinte e três. Uau! Grande coisa. Não faz a menor diferença!

Eu teria farejado o medo mesmo que Joon estivesse na fronteira com o Paraguai. Ah, por favor, meu signo era Choro Engolido com ascendente em Negação. Disfarçar sentimentos e esconder emoções eram minhas especialidades. Ele tinha escolhido a pessoa errada para tentar enganar com aquela rebeldia fajuta.

— Escuta, você está dando para trás por causa de tinta guache? É isso mesmo? — falei, com minha sabedoria de alguém com anos de experiência em ser imatura.

Ainda que eu não fosse a coragem em pessoa e preferisse ter acordos esquisitos com desconhecidos, pelo menos eu achava formas de seguir adiante, com medo e tudo, fingindo ter controle da situação.

— Eu não quero fazer esse trabalho...

O rosto de Joon se desfez com o desânimo.

Calma, ele ia chorar? Era isso mesmo? Ah, não. Não, não, não. Não!

— Eu não consigo desenhar. Não consigo, tá bom? — Ele não parava de piscar. — Eu. Não. Consigo! Porque...

— Porque...? — incentivei.

— Porque não. Eu não posso.

— Não pode tirar a nota de que precisa para passar? Claro que pode. Todo mundo pode — respondi.

Aquele garoto já tinha comido na minha casa, com direito a degustação do macarrão da minha mãe. Isso já era prova suficiente da nossa intimidade. E, em breve, ele me *beijaria,* mas não antes de chorar sentado no chão do meu quarto porque o trabalho de Artes o assustava. Oi? Sentido, cadê você?

Era melhor não percorrer mentalmente o passo a passo daquela trajetória, nem ficar me julgando por ter me metido naquela confusão...

— Eu só não posso — repetiu ele.

Joon se levantou, pegou o casaco, puxou a mochila de cima da cama e deu alguns passos até a porta.

— Aonde você vai? Joon, para com isso! Ei!

Ele tinha se levantado tão rápido que pensei que estivesse apertado para ir ao banheiro. Pensei até em fazer piada com isso, mas então ele olhou para trás e prestou atenção em mim por... tempo demais? Parecia que eu tinha pausado um k-drama, já ficando vermelha porque o protagonista não parava de me encarar. Eu precisava que a ação voltasse, então acrescentei:

— É sério que você vai reprovar por causa de Artes? Ninguém reprova por causa de Artes.

— Você não entende. Eu nunca mais quero desenhar nada na minha vida, Talita.

Congelei ao ver o corpo de Joon bambear para trás, como se ele fosse desmaiar. Em vez de ir para a frente, o mal-estar o freou e ele caiu sentado na cama, tentando se apoiar com as mãos, como se estivesse no escuro.

— Joon! Joon? O que aconteceu?

Segurei o queixo dele e o obriguei a olhar para mim. O garoto estava chorando, assustado de verdade. Era um choro bem mais discreto que o da Violeta, e quase imperceptível se comparado ao da minha mãe no café da manhã. Os lábios e as mãos do garoto tremiam. Tá, talvez não fosse uma crise causada só por tinta guache e canetinha.

Esperei que ele se acalmasse. Fui até a cozinha correndo pegar um copo d'água, porque era o que as pessoas nos filmes faziam quando alguém ficava nervoso. Ele bebeu o copo inteiro.

Talvez nervosismo causasse sede em algumas pessoas. Fiz uma nota mental para pesquisar isso no Google depois.

— Pelo jeito, sua dificuldade não é exatamente com Artes... — falei, baixinho, como um ladrão rastejando pelo chão de uma sala protegida por raios infravermelhos.

Qualquer passo em falso dispararia o alarme.

— *Ani* — respondeu ele, e deduzi que aquilo significava "não".

Não vou mentir, a contradição entre o rosto indefeso e a calça jeans rasgada nos joelhos, as mangas da camiseta do uniforme dobradas e a bota de montanhismo mostarda me abalou um pouquinho. Tive vontade de encostar em seu ombro, de dizer que ia ficar tudo bem, mas não me movi. Em vez disso, peguei o copo da mão dele e coloquei na estante.

— Se você não disser o que está rolando, a gente não vai conseguir terminar esse trabalho. O professor ainda não deu a nota do anterior, mas é melhor garantir a maior nota nos dois, já que ele te deu essa chance, porque aí você fica mais tranquilo para a prova.

Joon respirou fundo e contou que, no passado, gostava de desenhar. Uns seis anos antes, o avô estava doente e havia sido internado em um hospital em Seul, na Coreia do Sul, por conta de uma pneumonia. Um dia, a mãe de Joon chegou em casa depois de uma visita com boas notícias. O avô não estava mais em estado grave, tinha começado a melhorar. Ao ver o filho tão animado, pediu que Joon fizesse um desenho para o avô, desejando que ele se recuperasse mais rápido.

Durante horas, Joon desenhou. Fez uma ilustração dele e do avô de mãos dadas em um jardim, iluminados por uma linda tarde ensolarada.

— Meu avô tinha sido transferido para o quarto. Isso queria dizer que a gente poderia fazer uma visita. — A mão de Joon começou a brincar com uma canetinha. — Quando minha mãe viu meus desenhos, me abraçou e disse que meu avô melhoraria na hora quando eu mostrasse para ele.

Joon falava encarando uma folha de papel.

— Eu me lembro de quando visitei meu avô. Não parecia mais a mesma pessoa. O corpo dele parecia tão pequeno... Era como se até eu, mesmo sendo criança, pudesse pegá-lo no colo. — Os dedos de Joon pararam de se mover. Apenas seguravam a canetinha, como se também estivessem atentos à história. — Passei a visitá-lo sempre que podia, e algumas vezes ficava ali, só desenhando no hospital, mas era como se ele não estivesse mais com a gente. Um dia, meu avô olhou para mim e sorriu. Quis saber que papel era aquele. E eu virei o desenho para ele ver.

Joon fez uma pausa, e seus olhos focaram um ponto do papel no chão do meu quarto, vidrados. Percebi que ele estava quase esmagando a canetinha entre os dedos fechados. Minha respiração parecia arrastada, dominada pela tensão. Era como se eu estivesse naquele quarto de hospital junto com ele.

— E aí? — Minha voz saiu trêmula.

— E aí que ele adormeceu e morreu horas depois. Teve uma parada cardíaca. Lembro da minha mãe gritando desesperada, chamando uma enfermeira, e das pessoas passando por mim, sentado ali no chão do quarto, ainda desenhando, em transe. A verdade é que nenhum desenho foi capaz de salvá-lo. Nem sei o que ele achou dos que eu tinha feito. — Joon soltou a canetinha, que caiu no chão e rolou até o meu pé, e eu senti um arrepio. — Não me lembro de mais nada depois disso, tive um apagão.

— Quantos anos você tinha?

— Dez — respondeu ele.

Não consegui dizer nada por alguns minutos. Joon parecia gostar de sua família. Alguém que ficava traumatizado com algo assim devia ser uma boa pessoa. Eu não sei se teria sequer ido ao hospital, quanto mais desenhado à beça só por achar que isso ia salvar a vida de alguém.

Pensei no meu pai...

Bem, eu nem sabia se ele estava no Brasil. Já era costume rejeitar suas ligações e mandar mensagem no WhatsApp avisando que eu estava estudando ou algo do tipo, então esqueci que sentia saudade dele.

Acho que *fingi que não sentia saudade dele* era uma descrição mais correta. Porque ninguém era capaz de esquecer uma falta daquele tamanho. Um sentimento maior do que qualquer outro que eu já tivesse visto em séries. Maior até do que a raiva que eu acho que nem sentia da Poli Pamela.

Talvez eu só estivesse... triste.

— Você também está chorando? — questionou ele.

Joon me analisou, surpreso, e também um pouco culpado. Eu queria ter explicado que aquela reação não tinha nada a ver com ele. Mas nem tentei.

O que eu ia dizer? Que desde que meus pais se separaram nunca mais me senti completamente feliz? Que eu assistia às séries para não ter que conversar com meu pai e acabar demonstrando que odeio o fato de ele ter outra família? Que eu me sentia responsável pela felicidade da minha mãe, já que eu era a única coisa que tinha restado na vida dela, além das prestações do apartamento?

Eu não podia dizer nada disso para Joon. Ele já tinha esse trauma do desenho e o desempenho terrível em Artes para administrar.

— Talita, desculpa, eu não queria...

Quando não estava pagando de durão arrogante, Joon até que tinha um jeito afetuoso. Eu já havia reparado que ele era gentil nos momentos em que comíamos juntos. Às vezes, me dava vontade de perguntar por que comer parecia tão importante para ele.

Algumas coisas pareciam *bem* importantes.

Tipo o avô. O avô era *bem* importante para ele.

— Já sei! — exclamei, dando um susto em Joon. — Você vai fazer a releitura de uma obra da Frida Kahlo inspirada no seu avô.

Detalhe: eu estava tão empolgada com minha ideia que por um instante esqueci do trauma do garoto.

— Talita, eu não quero... — disse ele, quase implorando. Pegou a mochila e colocou nas costas de novo. — Acho melhor eu ir para casa.

— Joon. — Segurei a mão dele, para impedir que saísse.

Na verdade, peguei mais os dedos do que a mão. Foi um toque sem esforço. E, ainda assim, ele obedeceu, quase como se estivesse torcendo para que eu fizesse aquilo. Será que Joon queria que eu o impedisse de se afastar?

Tinha algo diferente entre nós. Ele estava mais... molinho? Receptivo? *Acolhedor!* Acho que eu também, porque quis ser honesta com ele sobre o que pensava da história.

— Acho que seu avô amou o desenho. Não só o que você fez dele, mas todos — comentei, olhando nos olhos de Joon.

Ele inspirou fundo, como se tivesse saído de debaixo da água depois de muito tempo prendendo a respiração. E então sorriu, envergonhado. Dava para sentir uma eletricidade no ar, uma atmosfera de alegria. No mesmo instante, os olhos dele brilharam com intensidade, e os fios do cabelo me trouxeram aquela fragrância tão característica dele, fresca, energizante e... deliciosa.

— Você acha? — perguntou Joon, hesitante, mas esperançoso.

Eu quis chegar mais perto dele.

— Acho, sim. Aliás, tenho certeza. Os desenhos devem ter significado muito para o seu avô. Então ele partiu com essas lembranças lindas, porque tenho certeza de que foram as coisas mais incríveis que ele poderia ter visto antes de a hora chegar.

Sem qualquer aviso, Joon me abraçou. Mas não como Violeta tinha me abraçado. Mais como... como eu *nunca* havia sido abraçada. Pela cintura. A mão dele me envolvendo e apertando minhas costas em uma posição perfeita. Nem para cima demais, como um amigo, nem para baixo demais, como um garoto sem noção faria. Bem naquela pequena região das costas um tanto enigmática, que nenhum garoto tinha tocado e que, para ser sincera, eu nem havia notado que existia até Joon encostar ali, fazendo um calor se espalhar pelo restante do meu corpo.

Nós nos afastamos um pouco e demos uma risada sem graça. Ele escondendo no bolso da calça os dedos que tinham tocado minhas costas por cima da camiseta, eu ajeitando meu coque, uma, duas, três, quatro, cinco, seis vezes, numa velocidade incrível. Eu devia estar perto de bater o recorde olímpico de fazer coques.

— Acho que sei qual quadro da Frida quero recriar.

— Ah, é? Qual? — perguntei.

— O *Autorretrato dedicado a Leon Trótski*.

O clima de romance que parecia prestes a surgir desapareceu. Num minuto, já estávamos em cima de cartolina, borracha, canetinhas e revistas antigas. Joon segurou o lápis HB por alguns segundos, o olhar perdido no branco do papel. Encostou a ponta do grafite na cartolina grossa e ensaiou um formato que não consegui decifrar.

Em seguida, ele afastou o lápis e se virou para mim.

— Tem borracha? Acho que errei.

— Aham. Aqui — respondi, entregando-a para ele. — Só não dá para apagar o passado, mas dá para traçar o presente do nosso jeito — falei, com um sorrisinho.

Nós dois rimos. Depois disso, as correntes que pareciam prender a criatividade de Joon se romperam. Nós testamos de tudo, sem traumas no caminho para atrapalhar.

A ideia era refazer o autorretrato da Frida, só que com o rosto dele. Joon decidiu manter as flores no cabelo e o brinco pendente, e, no lugar do vestido, ele estaria com a calça rasgada e o moletom — sua marca registrada —, com o xale da Frida por cima. No quadro, a pintora segurava um bilhete para Trótski, que Joon reescreveu:

> Para Han Soon Jae 한순재, com todo o meu amor, dedico esta pintura em 24 de junho de 2024.
>
> Han Taejun 한태준.
> Em Curitiba, Brasil.

— Ué, seu nome é Han?

Era como descobrir que ele tinha falsificado o passaporte para entrar no Brasil.

— Han é meu sobrenome. Em coreano, o sobrenome vem primeiro.

— Então seu nome é *Taejun*? — Com certeza eu tinha pronunciado da forma mais errada que alguém já tinha pronunciado no mundo todo, porque ele riu. — Taejun rima com Joon, tipo Gabriel e Daniel? Por isso chamam você assim? — comentei.

Ele estava pintando o corpo que havia desenhado na cartolina enquanto eu colava flores que tinha recortado de uma revista velha.

— Quando cheguei à escola, alguém disse que eu era muito parecido com o Jungkook, do BTS, e do nada os alunos e alguns professores começaram a me chamar de "Joon" — contou ele. — Uma pessoa ou outra arriscou um "Júnior". Como meu nome se pronuncia *Tedjun*, fiquei com preguiça de explicar a pronúncia correta e acabei deixando pra lá. "Joon" me incomodava um pouco, mas pelo menos não era Júnior, e com o tempo me acostumei e só aceitei o apelido — explicou, pintando o moletom de vermelho, rosa e branco, as mesmas cores do vestido da Frida no quadro.

Finalmente entendi como a fofoca de que ele era um *idol* tinha surgido.

— E por que você não pediu para as pessoas te chamarem pelo seu nome?

— Ah, só achei melhor assim.

— Por quê?

Bati no lápis dele com a cola bastão de propósito, e o garoto quase borrou o desenho. Pensei em sugerir que ele desenhasse as botas de montanhismo também. Aquelas botas eram, como eu poderia dizer... *perigosas*.

— Bom, tem dois motivos: um, porque as pessoas acham "Joon" mais fácil de pronunciar e erram menos, e dois, porque o Jungkook é mais bonito que eu.

O sorriso surgiu aos poucos, da mesma forma que a canetinha deslizava na cartolina.

— Não acho — soltei.

Não acho? O que eu estava fazendo?!

Joon... quer dizer... Taejun ficou encarando o papel, e suas mãos estavam imóveis desde que eu tinha deixado escapar aquele comentário. Antes que o silêncio se transformasse em um grande lamaçal e nós ficássemos ali empacados para sempre, segui a conversa com naturalidade, como se minha boca às vezes tivesse vida própria e ponto-final.

— As refeições são importantes na sua cultura? — perguntei.

Taejun abriu um sorrisinho. Até a canetinha na mão dele parecia rir.

— Quando um coreano quer mostrar que gosta muito de você, ele pega algo muito gostoso do próprio prato, como um pedaço de carne, e coloca no seu — explicou.

Ele colocou a borracha no chão, segurou duas canetinhas como se fossem hashis (mais tarde ele me explicou que na Coreia esses palitinhos se chamavam *Cheot-garak*) e as usou para pegar a borracha e colocá-la no meu joelho.

Não sei dizer por quanto tempo ficamos conversando. Tanto que terminamos o trabalho e seguimos falando até eu ouvir um som diferente vindo da porta do quarto.

Era minha mãe. Taejun e eu estávamos no meio de uma gargalhada. A borracha continuava no meu joelho. E, de repente:

— Temos visita, Talita?

A cara dela indicava que, na verdade, a pergunta era se nós dois tínhamos usado drogas, porque só isso justificaria aquele tanto de risada.

— Mãe, esse é o Taejun — apresentei.

Ele sorriu e se curvou um pouco para cumprimentar a dona da casa, num gesto tão respeitoso que até cheguei se era só para minha mãe ou se o síndico do prédio também tinha vindo até o meu quarto.

— Prazer... *Tedjun?* — indagou minha mãe, tentando repetir a minha pronúncia, erguendo as sobrancelhas com um sorriso de nervoso muito parecido ao de quando ela me flagrava fazendo algo que não aprovava.

— Isso. Ou só Tae. Se escreve T-a-e, mas se fala *Te*, ou *Tei*, como as pessoas no Brasil costumam falar — explicou ele, rindo.

Elaborei minha melhor carinha de filha comportada.

— Estamos terminando um trabalho do colégio. — Apontei para a cartolina no chão.

O alívio fez com que os ombros tensos da minha mãe relaxassem. Ela ficou tão feliz por eu não estar infringindo uma regra nem cometendo atos ilegais que fez um convite inesperado, quase como se estivesse agradecendo ao meu colega de escola pelo fato de eu não ser uma meliante juvenil.

— Você está convidado para jantar, Tae.

— Obrigado — disse ele, e se curvou de novo, apesar de minha mãe nem estar mais ali.

— Tudo bem se eu passar a te chamar de Tae? — perguntei, segurando o pulso dele.

Eu não precisava ter tocado o garoto, e na mesma hora os olhos dele correram pelos meus dedos. Curiosos, mas não incomodados. Eu o soltei depressa.

— Sim. Por favor. Nunca gostei muito de Joon — confessou. — Acho que só me acostumei porque era mais fácil... Obrigado, Talita.

Obrigado? *Talita*? O modo como ele disse aquilo, o modo como disse meu nome... Seu tom de voz revelou que havia algo por trás dessa cortina de palavras.

Os olhos dele me diziam que nos bastidores daquele espetáculo ele estava me dando sua deixa, que era: "Pode me tocar, se quiser, *Talita*."

— Eu sei que você já comeu a comida da minha mãe — prossegui, como se aquele momento segundos antes não tivesse significado nada —, mas eu dei uma temperada extra. Fritei cebola, coloquei manteiga e sal. Então, se quiser ir embora, eu vou enten... — me interrompi, mexendo no coque, para que ele não achasse que eu o estava despachando.

Segurei minhas mãos, meio nervosa, porque precisava impedir que elas cometessem algum outro ato digno de flagrante.

Em seguida, voltei a ajeitar o cabelo, agora um tanto constrangida, porque ele ia comer junto comigo e com a minha mãe. Parecia algo sério. Um compromisso.

— Não sou exigente — respondeu Tae.

E... deu uma piscadinha. Uma piscadinha?! Ele era do tipo de cara que dava piscadinhas?

Caramba, eu nunca tinha recebido uma piscadinha.

Meu estômago sentiu o impacto. Mas provavelmente era apenas fome.

9

NA MANHÃ SEGUINTE, OS ALUNOS DO COLÉGIO ENCHIAM O longo corredor, esperando o horário da aula para entrar na sala. Eu estava apoiada na parede, ao lado da porta, apreciando fotos do meu amado Darren Barnet no celular, quando vi Tae a alguns metros, distraído com os fones de ouvido, batendo os pés no ritmo da música.

Minhas bochechas coraram um pouco. Ele tinha jantado na minha casa na noite anterior. Aquilo tinha sido um encontro? Não que eu quisesse um encontro com ele. A questão é que... acho que nenhum garoto tinha jantado na minha casa. E muito menos depois de ter me dado uma piscadinha. No meu quarto. Logo após ter sido flagrado sozinho comigo pela minha mãe.

E eu ainda tinha descoberto que o nome verdadeiro dele era Taejun.

Para mim, continuaria sendo só Tae.

Os olhos escuros do garoto vagaram ao redor, até pousarem em mim. Ah, que ótimo. Agora ia parecer que passei todo aquele tempo observando o bonito, sendo que, na verdade, eu havia *acabado* de me virar na direção dele.

Acenei, como se meu objetivo desde o princípio fosse dar um oi despretensioso ao meu admirável colega de aulas de reforço secretas. Fiquei na dúvida se o gesto foi retribuído como deveria, porque ele me deu outra... piscadinha.

— Você e o Joon são amigos? — perguntou Aurora.

Ela estava ali o tempo todo e eu não tinha notado. E, pelo tom de delegada imersa em uma importante investigação policial, havia testemunhado toda a cena.

— Ah... É que estou ajudando o coitado com as tarefas da aula de Artes — respondi, direta. — Mas não comenta com ninguém.

Meu pai havia me ensinado que, nos momentos de diálogos difíceis, falar demais era como jogar óleo na pista por onde você ia ter que dirigir.

— Hum. Ele estava indo mal nas aulas e aí você correu para se candidatar a salvadora. Entendi.

Embora Aurora estivesse sorrindo, eu conseguia escutar as engrenagens da mente fofoqueira dela a todo vapor.

— Por pena, claro — respondi. — Afinal, eu jamais seria amiga de um cara que nem ele, com um monte de costumes superesquisitos. Ele nem sabe se comunicar direito.

E essa era eu, não só mostrando que não tinha aprendido nada com o conselho do meu pai, como também que cedia ao pânico e falava um monte de coisas horríveis sobre o Tae só de imaginar a Aurora descobrindo sobre as aulas... de beijo.

Meu coração já estava acelerado. Eu não era boa com conflitos. Bem, talvez não fosse um conflito. Ela estava só perguntando. Em um tom meio malicioso? Com certeza, mas ainda assim, só perguntando. Eu tinha feito alguma coisa errada? Será que Aurora estava interessada nele? Eu estava com medo de perguntar.

O áudio da vida parecia estar na velocidade dois e em uma língua que eu não conseguia decifrar. Não sabia o que estava acontecendo direito, quem eu era, onde estava, se tinha amigas, se um dia ia aprender a beijar, o que era real e o que não era. Tudo que eu queria era fugir.

— Ele me pediu ajuda — respondi para Aurora.

— E você aceitou. Que gentil da sua parte, Talita — comentou Aurora, com um sorrisinho travesso e um olhar desconfiado.

Meus joelhos viraram papel molhado.

Violeta surgiu de repente, enviada pelos meus mentores espirituais para me proteger. Algo na presença dela me tranquilizava. Tanto que meus joelhos ficaram firmes de novo, e pude continuar de pé e manter um pouco da dignidade.

O cabelo ruivo caiu sobre a testa, e Violeta o prendeu atrás das orelhas.

— Eu tenho uma dúvida — comentou ela em um tom de apresentador de telejornal.

Ainda havia no ar aquela sensação de granada sem pino. Aurora não parecia convencida da natureza da minha relação com Tae.

Medo. Medo, medo, medo.

Calma. Calma! Ei, ei, ei, Talita, que pessimismo é esse?

Sinceramente, eu não tinha com o que me preocupar. Aquele tique-taque no fundo da minha mente não devia ser nada. Não era como se eu estivesse escondendo um segredo que fazia de mim uma traidora. Se eu estava tendo aulas com ele, o que a Aurora tinha a ver com isso? E daí que eram aulas de beijo? O mesmo valia para a Poli Pamela. E daí que eu tinha feito um comentário cruel nas redes sociais e agora ele estava virando assunto no TikTok e chamando a atenção das pessoas? Todo mundo já desabafou falando mal de alguém na internet. Se Poli Pamela lesse o que eu tinha escrito, ela ia rir da minha criatividade. Talvez até fizesse um vlog engraçado, tipo "Lendo os comentários dos haters".

Não é?

Violeta interrompeu meu fluxo de pensamentos que levava quase a uma gastrite com uma pergunta que mostrava como sua ingenuidade a protegia da perversidade do mundo.

— Tali, o que significa "fálico"?

Aurora começou a gargalhar. Eu ri também, e uma gota de suor escorreu pelas minhas costas.

— O que foi? — Violeta colocou as mãos nos quadris, e os dedos afundaram na pele.

Aurora a beijou no rosto e continuou rindo.

Está vendo, Talita? Está tudo bem. Não há animosidade, raiva, irritação, não há nada disso.

Que alívio, éramos só três amigas de novo, amigas que não disputavam garotos, nem suspeitavam de que as histórias que contávamos uma para a outra eram meias verdades. Aurora já nem considerava mais a hipótese de que eu pudesse estar apaixonada pelo Tae. Assim como eu também tinha me convencido de que iria beijá-lo na boca naquela tarde e tudo seria muito profissional, quase um treinamento corporativo. Sem arrepios corporais. Sem ficar repassando na mente, no ritmo de um liquidificador, a língua dele tocando a minha, as mãos dele na minha cintura, o cheiro do cabelo dele...

Alguém chamou meu nome. Meu coração quase saltou do peito. Era o Tae?

Nope. Era o Gustavo.

Ele estava atrasado, mas ainda assim tinha parado para me ver. Se meu sorriso fosse um carro, ele estaria sem bateria, já que eu precisava empurrá-lo para pegar no tranco.

— Olha, trouxe para você! — exclamou ele, segurando minha mão para me dar um bombom com recheio de avelã.

Cara, eu *odiava* avelã.

— Eu odeio avelã — soltei, sem pensar.

A expressão alegre de Gustavo derreteu, como se tivessem borrifado ácido no rosto dele.

Eu tinha mesmo dito aquilo em voz alta? *Talita do céu.*

— Brincadeira, bobo! — acrescentei, e minha voz desafinou com o nervosismo, como uma unha arranhando a lousa.

Gustavo suspirou com alívio, e achei que o garoto ia chorar olhando para o bombonzinho na minha mão, embrulhado em papel azul-claro.

Estava me sentindo um monstro, do tipo que adorava chutar cachorrinhos como passatempo. O peso na minha consciência me esmagava contra o chão. Desesperada, precisando respirar, desembrulhei o chocolate e o enfiei inteiro na boca. Comi imaginando que era uma rabanada.

— Uau, é o melhor bombom que já experimentei.

Segurei a ânsia de vômito. Para mim, avelã tinha gosto de axila.

Engoli o chocolate. Consegui acabar com o martírio sovaquento e ainda agradeci. Como se tudo aquilo já não tivesse sido patético o bastante, vi Tae me olhando. Ele segurou o fone caído no peito, sobre o moletom, e o colocou no ouvido, sem tirar os olhos dos meus. Então colocou o capuz e entrou na sala dele.

O impacto daquele gesto foi equivalente a uma lança entrando nas minhas costas, perfurando meus pulmões e atravessando meu tórax. Sem exagero. A sensação era que minha cabeça ia explodir a qualquer instante. Tinha acabado o ar ali? Que saco, o que estava acontecendo comigo?

A aula demorou a passar. Quando saí da sala, encontrei Tae esperando no corredor, um pouco afastado. Seguimos andando na mesma direção sem dizer nada por alguns minutos, até virarmos em um corredor pouquíssimo movimentado. Na noite anterior tínhamos feito um trabalho, jantado e conversado, e ainda assim eu não conseguia olhar nos olhos dele.

Estava tudo muito estranho mesmo, e até a fábrica parecia não estar funcionando aquela manhã. O ar parecia parado. Onde estava aquele cheirinho enjoativo de biscoito de morango? Normalidade, volta aqui, *por favor*!

Quando já estávamos no outro corredor, vi Aurora. Ai, minha nossa! Será que ela tinha nos seguido? Só podia ser, porque *ninguém* ia para aquele lado da escola. Aurora cruzou comigo e Tae. Não falou nada, só nos mediu com o olhar, dos pés à cabeça. Várias estalactites de gelo metafóricas despencaram do teto, me acertando no meio da cabeça. De repente, lá estava eu, congelada por dentro, paralisada, como uma criminosa pega no flagra.

— Talita? — chamou Tae.

Eu devia estar distraída com a vontade súbita de vomitar despertada pelo bombom de avelã, porque já tínhamos até saído do colégio e eu não havia percebido nada. Atravessamos a rua, mas, ainda que todos os meus problemas tivessem ficado para trás, a náusea continuava me atormentando.

— Nossa! Nossos nomes começam com a mesma letra. Acabei de me tocar disso! — Ri do meu comentário.

Meu cérebro trabalhava a mil por hora tentando pensar em bobagens como aquela. Era bom porque isso evitava outras centenas de pensamentos. Tae não parecia ter notado que eu estava prestes a colocar os bofes para fora. Ele balançou as cartolinas enroladas, presas por um elástico. Eu nem tinha reparado que ele segurava dois trabalhos: o primeiro, que ele fez sozinho, e o outro, que tínhamos feito no dia anterior, na minha casa.

— O professor corrigiu e entregou logo os dois juntos.

— Na frente de todo mundo?

— Na frente de todo mundo — confirmou Tae, abrindo um sorriso enorme, tão enorme que achei que seus olhos iam desaparecer no rosto. — Eu consegui.

— Conseguiu?! — gritei, e minha animação ecoou pela rua.

Uma mulher maquiada que andava na nossa frente, com roupa de academia, se assustou e se virou para trás, com cara feia. Nem liguei.

— Deixa eu ver — exigi, já tomando as cartolinas da mão dele e as desenrolando, ansiosa. Logo vi a assinatura do professor no canto superior direito, uma com um oito e outra com um dez em caneta preta. — Tae, parabéns! Que incrível!

— Ele me deu oito naquele primeiro, mas no de ontem fiquei com dez. Ou seja, consegui o primeiro nove! Ainda vou precisar de uma nota alta na prova, mas acho que estou com menos medo. Essas notas também são mérito seu. Obrigado pela ajuda, Talita.

Ele agradeceu de um jeito fofo, escondendo as mãos no bolso, meio tímido, como se quisesse contê-las para não me abraçar. Então continuou, dessa vez sem me olhar nos olhos:

— Bom, agora é minha vez de ajudar você a tirar pelo menos um nove. Em retribuição.

Se antes tudo dentro de mim estava congelado, naquele momento simplesmente cada célula começou a pegar fogo. Não dissemos mais nada até chegarmos à minha casa.

Como eu definiria aquele almoço? Sério, era como se eu e Tae nem nos conhecêssemos. Eu seria capaz de enfiar o garfo na minha coxa direita se esse fosse o preço para não ter que encará-lo. Meu corpo reagia com espasmos só de imaginar nossos olhos se encontrando enquanto fingíamos apreciar aquele frango grelhado com crosta de gergelim, arroz sete grãos e lentilha (minha mãe tinha ido à nutricionista de novo).

Tudo por causa de um beijo. Um beijo que ainda nem tinha acontecido. Eu estava nervosa perto do Tae, como costumava ficar quando via Gustavo, sem saber direito o que fazer, o que falar. Meu Deus, será que eu tinha um problema de socialização com garotos em geral?

Não consegui comer nem metade do prato. Para minha surpresa, ele também não.

— Estava ruim? — perguntei, com vergonha. — Minha mãe anda com umas dietas meio naturebas de novo... — expliquei, com a formalidade de uma atendente de telemarketing.

— Não, não. Estava bom. É que estou sem fome mesmo.

E voltamos à estaca zero.

Fomos para o meu quarto, quietos. Algo na estante pareceu atrair a atenção de Tae. Ele passeava pelos títulos dos livros, lia alguns em voz alta, deslizando os dedos pelas lombadas. Até que respirou fundo e finalmente se virou para mim, com tanta intensidade que achei que estava prestes a me pedir em casamento.

— Andei pensando... acho que vamos ter que fazer isso direito. Quer dizer... na prática.

Eu *sabia*! Ele também tinha chegado a essa conclusão. Não era possível descascar uma lichia sem sujar os dedos.

Lichia? Agora até frutas estavam invadindo meus pensamentos.

Ok, foco, Talita.

— Concordo — falei, mas minha voz saiu como um fiapo, então pigarreei e repeti, emulando confiança: — Concordo!

Ouvindo a mim mesma, acho que falei igual a um figurante daqueles filmes de tribunal. Meu pai adorava, então eu já tinha assistido a vários. É aquela pessoa contratada só para dizer "concordo" diante do juiz, caprichando na intensidade, porque era a *única* fala que tinha no filme inteiro. Por que me lembrei do meu pai? Por que minhas mãos estavam suando? Por que não penteei o cabelo com mais cuidado, antes de ir para o colégio? Será que eu estava com uma cara decente? Tae tinha reparado que eu estava descabelada? Acho que sim. Ele estava me olhando com tanta concentração...

— Ótimo — disse ele.

— Ótimo — concordei.

Silêncio. Passei a prestar muita atenção nos cadarços dos meus tênis.

— Só uma vez. Para você entender como se faz. — Tae tentou descontrair um pouco o ambiente e se sentou na cama ao meu lado. — E depois disso encerramos as aulas.

— De acordo. — Fiquei de pé em um pulo, tentando ganhar tempo. — Acha melhor escovarmos os dentes?

— Sim, é uma boa ideia.

Ele tinha um nécessaire na mochila. Que fofo!

Fomos até o banheiro do meu quarto, e a situação ficou um pouco estranha, porque do nada estávamos tendo um momento de higiene juntos, em silêncio. O ritmo das escovações estava descompassado, como se ele lixasse uma parede para tirar a tinta e eu dirigisse uma locomotiva a vapor. A gente escovava e escovava, e quando nossos olhares se cruzaram no espelho, umas três vezes, nós rimos feito conhecidos que se esbarram na rua, mas ficam sem graça de parar para conversar com medo de não ter muito assunto.

Quase perguntei se ele achava que ia chover. Juro.

Após longos minutos de escovação (eu não me espantaria se alguém me dissesse que já era 2050), a gente resolveu cuspir. Só que foi ao mesmo tempo. Minha cabeça quase bateu no rosto dele. Tae fez sinal para eu ir primeiro, eu também fiz, aí ele insistiu, eu insisti, e nós fomos juntos de novo, e rimos, e aí cuspi antes que a gosma de pasta de dente começasse a escorrer pelos cantos da minha boca.

A mesma ideia nos fez seguir com aquela que já era a maior escovação de dentes da história. Iniciamos o processo de limpeza da língua. Eu me virei um pouco, para que Tae não precisasse me assistir esfregando as papilas gustativas tão de perto. Ele fez o mesmo. Ouvi um som de ânsia e segurei o riso.

Enxaguei a boca duas vezes e então falei, pois sou muito educada:

— Fio dental? — Meu tom era de quem oferecia uma xicrinha de café, com muita etiqueta.

— Aceito, obrigado.

Ele estendeu a mão para pegar, mas quando nossos dedos se tocaram, eu derrubei a droga da caixinha.

Eu só conseguia pensar que felizmente não era uma xícara de café, senão teria me queimado toda quando caísse e... Jesus amado. FOCO, Talita.

— Posso pegar um pouco? — perguntou ele, apontando para o antisséptico bucal.

— Claro! — respondi. Meu entusiasmo foi um pouco excessivo, como se eu nunca tivesse visto um antisséptico bucal na vida. — Aliás, essa marca diz que o produto complementa a escovação e acaba com cem por cento das bactérias.

— A escovação só dá conta de uns vinte e cinco por cento da boca, sabia? — comentou Tae. Ao que parecia, ele tinha resolvido incorporar um narrador de futebol durante o intervalo de uma partida. — Bom saber que você tem hábitos assertivos de higiene.

Não soube o que responder. Pensei em falar sobre o fortalecimento do esmalte dos dentes, a prevenção da placa bacteriana e a redução da formação do tártaro, mas aí achei tudo muito esquisito. Que raios de conversa era aquela?

Quando enfim terminamos, voltamos ao quarto e ficamos parados no meio do tapete.

— Memoriza bem o passo a passo, ok? E avisa se tiver alguma dúvida. De preferência, não tenha.

Ele parecia nervoso. Tão tenso quanto eu. Quer dizer, não era um momento romântico. Nem queríamos nos beijar de verdade... Mas sacrifícios precisam ser feitos quando temos um propósito maior. Aquilo era necessário. Só assim nossa missão seria cumprida com sucesso.

Disse eu, a coach de Instagram.

Tá. Tudo bem, Talita. Vocês nunca mais terão que se beijar de novo. O próximo beijo vai ser com o Gustavo, e o mais importante: sem dentes batendo, sem hemorragias graves, porque você não vai arrancar a língua dele.

Então, do nada, Tae começou a se inclinar.

— Ok. Estou indo — anunciou ele, encarando minha boca.

— P-pode v-vir — gaguejei, os lábios se aproximando em câmera lenta.

Nós tentamos arranjar uma posição mais confortável. Corpos a postos. Boca em posição e... nada.

Tae parou no meio do caminho.

— Talvez você devesse se aproximar. — Ele estava tão perto de mim que seu hálito de menta acariciou meu nariz. — E me beijar.

— Mas é você quem está me ensinando a beijar — protestei.

— Certo, certo.

Por que estávamos falando baixinho?

Tae retomou a aproximação. Sua boca chegava cada vez mais perto. Estávamos a poucos milímetros um do outro quando ele congelou de novo.

— Talvez pudesse ser um beijo técnico... Aí a gente não precisaria... sabe... beijar de verdade.

— Escuta aqui, Tae. Preciso entender o que fazer com a minha língua e, principalmente, com os meus dentes. — Dei um sorriso forçado, para fazê-lo lembrar o real objetivo de tudo aquilo. — Não posso perder o Gustavo, muito menos arrancar a língua dele fora.

— Tudo bem, vai ser de uma vez e pronto — respondeu ele, fechando a cara.

Ué, ele estava *irritado*?

— Isso. Exato. Quando você se der conta, já acabou. — A respiração mentolada dele continuava acariciando meu rosto.
— E, também... — Dei de ombros, um pouco tímida. — É um beijo. Não pode ser tão ruim.

Algo que eu disse se encaixou na mente dele. Acho até que ouvi um clique. Porque no mesmo instante aqueles olhos castanhos brilharam, como se ele tivesse entendido alguma coisa que eu não sabia descrever. Então Tae pareceu bem mais tranquilo. Na verdade, eu estava com a sensação de que ele *queria* ir em frente.

Tae se inclinou de uma vez, e seus lábios enfim tocaram os meus. Sua boca era macia, mas eu não devia estar prestando atenção nisso, devia? Meu nariz estava colado ao dele, como se eles tivessem se encontrado por acaso na rua e parado para se cumprimentar com beijinhos. Isso me deixou ainda mais nervosa. Ele notou que havia algo errado.

Estávamos os dois de olhos abertos. Afinal, era uma aula. Eu não podia perder nenhuma parte da lição. Tae se posicionou para o segundo momento do beijo, abrindo mais a boca, e então senti a saliva quente dele. O desespero deu um coice na minha barriga. Parecia que eu tinha engolido um tijolo.

Tae afastou os lábios apenas o suficiente para articular algumas palavras.

— Lábios relaxados. Lembra? — disse ele, e acariciou meu lábio inferior com o dedo, lentamente.

Um arrepio percorreu meu corpo e afetou completamente a firmeza dos meus tornozelos.

Fiz o que ele pediu, e nossos lábios se ajustaram. Os dele deslizaram por entre os meus com tanta rapidez que tomei um susto. Tae sorriu com o olhar, e tinha algo ali meio malicioso, meio carinhoso, mas totalmente provocante. Em seguida, ele abriu um pouco a boca. Eu o imitei. Minha cabeça se inclinou de leve para facilitar nosso encaixe. Com o olhar, ele confirmou que eu estava fazendo tudo certo.

Antes de fazer o que estava prestes a fazer, Tae me encarou por alguns segundos. Entendi que aquilo era um alerta, que ele queria que eu estivesse preparada. Pisquei várias vezes, nervosa.

E aí aconteceu.

Tae colocou a língua na minha boca.

Um impulso fez com que eu quisesse me afastar, então arregalei os olhos e fechei a mão. A língua dele tocou a minha, cautelosa, e algo bem no meio do meu abdômen pareceu se acender. Aquilo era mesmo íntimo. E úmido. E *quente*.

Ao perceber que eu não tinha desmaiado, Tae prosseguiu. Vi a mandíbula dele se mover, as mãos virem em direção ao meu rosto e as sobrancelhas se franzirem, me perguntando se ele podia continuar. Balancei a cabeça o mais levemente possível, era o meu "sim". Então Tae segurou meu rosto e me puxou para ainda mais perto dele.

No mesmo instante, aquela sensação na minha barriga ressurgiu, só que mais forte. *Bem* mais forte.

A língua dele se movia em busca da minha, mas eu não sabia o que fazer, então… fiquei paralisada. Não fiz nada. Quando notou que eu estava sem reação, Tae se afastou. Limpei a saliva no canto da boca com a mão, e ele me corrigiu na hora.

— Você não pode fazer isso quando estiver beijando. Vai parecer que tem nojo da pessoa.

Escondi a mão e me desculpei.

— Você não pode ficar assim, parada — continuou ele. — Parece que estou beijando uma parede. Ou que… sei lá… você está odiando o beijo — disse, meio desanimado.

— Odiaaaando é uma palavra muito forte. Não é isso. É que é… estranho — respondi, confusa e fascinada.

A tensão no ar se amenizou. A realidade do que tinha acabado de acontecer parecia estar me inundando. A curiosidade me agitava. A vontade de conseguir fazer aquilo direito acelerou minha mente e eletrizou meu corpo. Minha pele parecia feita de fios desencapados.

Então beijar era assim?

Essa mistura de saliva, variações de temperatura corporal, frio na barriga e arrepio na nuca?

— No começo, é estranho mesmo — comentou Tae.

Ele riu, e eu imaginei que devia estar soando meio boba.

— E é mesmo bastante... *íntimo*. — Ri também, com a mão na boca. — Vamos tentar de novo. Vou conseguir, prometo.

Nem esperei pela resposta de Tae. Avancei para cima dele, segurei seu rosto e colei minha boca naqueles lábios rosados. Sentia que estava prestes a dar um beijo que ficaria à altura da intensidade da cirurgiã e do médico no k-drama a que eu tinha assistido.

Minha língua entendeu o recado. Não sei como, mas ela se enroscou na de Tae, acariciando e deslizando, acariciando e deslizando pela língua dele. Eu devia estar fazendo algo certo, porque ele não protestou. Na verdade, soltou uns sons que me fizeram acreditar que estava gostando, se divertindo. Fiquei surpresa, porque não imaginei que ele fosse fazer som algum. Eu me senti confiante, e minhas mãos caminharam até o cabelo preto de Tae, meus dedos deslizaram entre os fios lisos e geladinhos. Eu estava completamente sem fôlego, mas não queria parar.

Quando desci a mão para a nuca dele, Tae me segurou pela cintura com firmeza. Achamos nosso ritmo, as cabeças se movendo como em uma coreografia de nado sincronizado, os lábios deslizando um no outro como manteiga derretendo no pão quentinho. Irresistível.

Afastei um pouco a boca da dele, porque precisava falar. E tive a impressão de que ele estava prestes a reclamar daquela interrupção.

— Eu fiz certo agora, não fiz? Fiz, não fiz? — perguntei, mais animada do que pretendia.

Ué, o rosto dele estava *corado*?

— Dá para melhorar... — respondeu ele, e percebi que estava meio sem fôlego também. — Incrementar algumas coisas, talvez se você brincasse um pouco mais com os meus lábios. Se você quiser, podemos... tentar mais uma vez.

— Entendi. Mas o que você acha de me mostrar essas coisas todas que posso incrementar? — Até minha voz estava radiante. — Que tal? — murmurei.

Tae concordou com a cabeça, sem tirar os olhos da minha boca.

Abaixo da franja toda bagunçada (eita, será que eu tinha enfiado a mão ali também?), vi a expectativa se anunciando nos olhos dele. Os lábios entreabertos estavam me esperando. O quarto de repente havia sido abraçado pelo silêncio. Só dava para ouvir nossa respiração. Pensei em dizer alguma coisa engraçadinha, mas os dedos de Tae buscaram meu cabelo, com um puxãozinho, e minha respiração entrou em um compasso novo, mais difícil.

Colado em mim, ele abriu a boca e pareceu experimentar meus lábios como se fossem um sabor novo de sorvete. Tae beijou meu lábio inferior, depois o superior, sempre olhando bem nos meus olhos.

Minhas pernas bambearam, e compreendi de imediato a ideia de *seguir o fluxo* durante o beijo. Com a mão livre, Tae segurou minhas costas e me puxou para mais perto. Dava para ficar *mais perto* do que isso?

Ele fechou os olhos.

Eu fechei também.

E, de repente, a possibilidade de beijar Gustavo pareceu absurda.

Meu cabelo gostava do toque de Tae e sentiu falta dele quando o garoto desceu a mão para o meu pescoço. As pontas dos dedos iam e vinham, enquanto o polegar contornava meu queixo, e tudo tinha um calor que parecia me incendiar.

Minha cabeça não conseguia pensar em mais nada.

Beijar era uma delícia. Ponto-final.

Eu queria ficar ali para sempre. Como as pessoas conseguiam parar? De repente fui assombrada por uma pergunta inevitável: será que *só* seria delicioso assim com Tae?

Ele deu alguns passos enquanto me beijava, me empurrando para trás e fazendo minhas costas encontrarem a parede. O corpo dele pressionava o meu, mas não com muita força. E o meu pressionava o dele de volta. Aquilo era bom. *Tão* bom.

Eu o abracei pela cintura para trazê-lo ainda mais para perto, mesmo sabendo que não havia muito espaço entre nós dois. As mãos dele às vezes deixavam meu rosto e iam massagear meu pescoço, e o joelho se insinuava pelo rasgo da calça e acariciava minha perna. Era estranho, mas gostoso, e quente, bem quente. Nossa, nunca senti tanto calor na vida, nem quando fui ao Rio de Janeiro, juro... ENFIM... tudo em mim tremia e queimava.

Um celular começou a tocar, e então saímos do transe, meio assustados. Tae tirou o aparelho do bolso e infelizmente afastou a boca da minha.

— *Yoboseyo? Ne, omma. Ne. Arassoyo.* — Ele guardou o telefone no bolso de trás da calça jeans e disse: — Preciso ir. Era a minha mãe.

— Ah, claro... — Não consegui olhar para ele. — Obrigada por...

Não deu para terminar a frase, porque a boca de Tae colou na minha de novo. Nós nos beijamos mais, e nem eu nem ele conseguíamos parar. Juro que até ouvi o tal clique quando nossos lábios se desencaixaram.

— Obrigada... é... por me ajudar — falei, sem fôlego.

Até me perguntei se minha voz tinha de fato saído, porque eu estava tremendo um pouco.

— Você... você acha que vai precisar de mais algumas aulas? — perguntou ele, meio hesitante, e sem tirar os olhos da minha boca.

— Por quê? Você acha que eu não mandei bem? Ai, meu Deus! — falei, devastada.

— Não, não! — Tae procurou meus olhos, preocupado. — Você foi... muito bem. Muito bem mesmo.

Sorri, um pouco envergonhada, e ele continuou:

— Então... é... acho que termi...

Não deixei Tae concluir a frase.

— Talvez mais uma aula — falei, apressada. — Sabe como é, só para eu ter certeza de que memorizei tudo direitinho.

Eu definitivamente não podia dar chance ao azar.

Tae abriu um sorriso enorme e se afastou para pegar a mochila. De repente, senti frio. Tinha esfriado assim de uma hora para outra?

Então era isso. Ele ia embora. A aula daquele dia tinha chegado ao fim. Mas eu queria outro beijo. Só mais um.

— Tae? — chamei.

O garoto voltou para perto de mim, tão rápido que pareceu estar pensando a mesma coisa que eu. Fiquei envergonhada, e acho que ele também, porque olhamos para baixo ao mesmo tempo.

Não tive coragem de pedir.

— A nossa última aula... vai ser amanhã? — perguntou ele.

— Amanhã, isso.

Tae pegou a mochila, e o levei até a porta de casa.

Senti um formigamento nos lábios. Aquilo era efeito dos beijos? Nossa, como seria namorar, então?

Tae me olhava como se quisesse dizer mais alguma coisa, e meu rosto ficou vermelho.

— Talita…

— Então até amanhã — interrompi, desesperada para que ele fosse embora e não visse minhas bochechas corando.

Tae pareceu desanimado, como se a gente tivesse brigado e decidido que não nos falaríamos nunca mais.

— Até amanhã — respondeu ele, baixinho, já atravessando a porta.

10

ERA PARA SER SÓ MAIS UM CAFÉ DA MANHÃ SONOLENTO, com minha mãe comentando sobre algum assunto natureba pelo qual estivesse obcecada no momento, como meditação durante o sono ou algum podcast que ela ouviu com o tema "Açúcar: a farsa da granola e das barras de cereal".

Mas eu estava com a sensação de que minha vida nunca mais seria a mesma. Porque eu havia feito uma besteira muito, muito grande.

Por alguma razão, o que escrevi sobre a Poli Pamela havia viralizado e se transformado em tema de infinitos conteúdos sobre ela no TikTok.

Da última vez que cheguei (dez minutos atrás), pelo menos cinquenta tiktokers, uns seis com mais de um milhão de seguidores, haviam criado um vídeo usando meu comentário com aquele maldito filtro de tela verde. Agora eu estava recebendo uma multidão de gente na minha conta fake, querendo saber se eu era realmente a garota que havia escrito aquele negócio ridículo!

Espiei meu celular na mesa. Minha conta estava lotada de mensagens (de ódio e de parabéns).

Por que eu tinha escrito aquilo? *POR QUE* aqueles Tik-Tokers estavam compartilhando minha mensagem IDIOTA e cheia de raiva?

— Talita?

— Não quero falar sobre granola, mãe, não agora, por fa...

— Talita, preciso conversar com você. Por que não está respondendo às mensagens do seu pai?

Meu pai? Por que minha mãe estava falando dele quando eu tinha um problema muito mais grave e urgente para resolver?

— Mãe, eu não estou ignorando o meu pai — respondi, por fim.

— Eu não disse que você está *ignorando* o seu pai.

O adoçante estava pingando na xícara da minha mãe desde que ela tinha iniciado aquela conversa. Pensar em como aquele café devia estar doce me fez lembrar do cheiro enjoativo da fábrica. Senti um pouco de enjoo, mas nada que me fizesse colocar o café da manhã para fora.

— Perguntei por que você não está respondendo às mensagens dele — insistiu ela.

— Acho que não vi — menti.

A calma com que minha mãe colocou o frasco de adoçante na mesa dizia que ela estava se controlando para não sair do papel de mãe sensata, do tipo que mantinha a calma e era compreensiva com os defeitos e as atitudes rebeldes da filha adolescente.

Em outras palavras, eu precisava pensar em uma rota de fuga.

— Talita, você vive com a cara colada no celular e não viu as mensagens do seu pai, Talita? Talita, vai mentir assim na cara dura pra mim, Talita?

Cada vez que ela falava meu nome, batia com a colherzinha no pires.

— Mãe, tô indo, senão vou me atrasar para a aula — respondi, começando a sair da mesa.

A tentativa morreu antes mesmo que minha bunda tivesse a chance de se descolar da cadeira. Minha mãe deu um daqueles sorrisos de olhos arregalados que assustaria até a pessoa mais corajosa do universo.

— Já vi que vamos ter que enfrentar seu processo de negação. Entendi.

Ela esfregou os olhos e respirou fundo. Então puxou e soltou o ar, como se estivesse fazendo uma aula imaginária de ioga.

Olhei para os lados, tentando encontrar alguma desculpa, algum bote salva-vidas, um isqueiro para iniciar um pequeno incêndio.

— Cada vez que você não responde ao seu pai, quem você acha que ele procura para saber o que está acontecendo? — continuou ela.

— Você — respondi.

Às vezes eu esquecia que não era só eu que não queria falar com ele.

Minha mãe bateu a colherzinha no pires como se estivesse tocando um gongo e disse:

— Exato!

— Eu vou falar com ele — cedi. — Posso ir agora?

Minha mãe tomou um gole do café e fez cara feia, os olhos pousando em algum ponto à sua frente. Sem pressa nenhuma, disse:

— Não. Você precisa me explicar.

— Explicar o quê?

Eu já nem conseguia mais engolir direito, minha garganta parecia cheia de areia. A perna balançava igual a uma britadeira, e eu sentia pontadas miudinhas na parte de trás da cabeça. Será que eu estava morrendo?

— E-eu estou meio sem tempo, mãe — balbuciei.

— Seu pai não consegue falar com você há quase um mês, Talita. Você não está ocupada esse tempo todo, disso eu tenho certeza. O que está acontecendo?

Ela continuou falando, mas, quando peguei o celular, um zumbido no meu ouvido abafou todos os sons à minha volta. As notificações estavam fora de controle, com milhares de tiktokers famosos criando conteúdo a partir daquele comentário infeliz sobre a Poli Pamela.

Droga. Droga, droga, droga. O que eu ia fazer? Como eu ia resolver aquela situação?

Em um dos inúmeros comentários, alguém havia dito que eu deveria ser presa. O medo secou minha boca. Não consegui deixar de pensar que a culpa daquilo era um pouco do meu pai. Se eu não tinha me tornado uma pessoa decente, era tudo culpa dele. Ele tinha ido embora! E tinha feito isso porque me odiava!

— Ele me odeia, mãe! Por que eu deveria falar com ele?

Aquela frase saiu da minha boca como um espírito exorcizado. Meio gritada, meio atravessada, tão desfigurada que até eu me assustei.

Minha mãe interrompeu o discurso e me olhou como se eu fosse uma mutante, alguém que ela nem sequer conhecia.

Eu me levantei da mesa, peguei minha mochila no sofá e fui para a escola, ignorando os pedidos para que eu não saísse daquele jeito.

No caminho, peguei o celular e deletei o comentário que tinha dado início àquela loucura. Não que fosse mudar muita coisa, mas eu precisava sentir que tinha expurgado aquilo do meu corpo. Enxuguei as lágrimas e forcei um sorriso até convencer meu cérebro de que eu estava ótima. Só não sei se consegui convencer as outras pessoas. Uma velhinha que passeava com o cachorro olhou para minha cara de espantalho de filme de terror e acelerou o passo.

Ainda assim, minha estratégia havia funcionado. Quando cheguei ao colégio, já estava me sentindo bem melhor. Era só eu não pensar na conversa com a minha mãe que daria tudo certo.

Respira, Talita. Você já saiu de ciladas piores.

No entanto, tinha algo diferente ali...

Os alunos estavam mais agitados do que o normal. Olhavam para a entrada do colégio como se aguardassem a chegada de alguém especial. E cochichavam, dando risinhos, mostrando o celular uns para os outros. Vi Violeta sentada no chão, perto da sala de aula, fazendo algum dever de casa que provavelmente tinha esquecido.

— Ei, o que está acontecendo?

Eu me sentei ao lado dela e espiei o caderno.

— Nada. É só minha lição de geografia — disse ela, coçando o nariz com o lápis de estrelas douradas.

— Por que está todo mundo fora das salas? E cochichando?

Cutuquei Violeta com o cotovelo para obrigá-la a olhar em volta.

— Ah, isso? É alguma coisa sobre a Poli Pamela. Não sei direito — respondeu ela.

Com um olhar inocente, Violeta voltou para as questões de múltipla escolha, sem imaginar como a culpa fervia dentro de mim feito ácido sulfúrico. Não era possível que o burburinho na escola tinha a ver com meu comentário sobre a Poli. Não, sem chance. Eu não era a única pessoa que já tinha escrito algo maldoso sobre Poli Pamela na internet. Por que justo *o meu* comentário havia viralizado a ponto de virar assunto no colégio? Tudo isso era só uma grande teoria da conspiração inventada pela minha cabeça desesperada.

Eu havia deletado o comentário, e não tinha como saberem que a conta fake pertencia a mim. Não havia nada com que se preocupar.

Então por que eu ainda estava nervosa, corroída pela culpa, olhando para a entrada e torcendo para que Poli Pamela faltasse à aula naquele dia... e... no resto do ano inteiro?

Mas ela não faltou. Quando apareceu, os cochichos viraram risadas maldosas, baixinhas, até que uma pessoa no meio do aglomerado de alunos imitou o barulho de alguém roncando. Aí as risadas explodiram.

Poli Pamela baixou a cabeça e correu para a sala de aula, com os cabelos escondendo o rosto. Meu coração diminuiu até ficar do tamanho de uma ervilha.

— Vocês viram o comentário sobre a Poli Pamela que viralizou no TikTok? — Aurora se sentou ao meu lado e ao de Violeta, que não havia tirado os olhos do dever de casa nem por um segundo. — Tem até uma hashtag: #PoliPamelaSonifero. Está bombando.

— Ah, não vi — respondi.

Eu mal conseguia encarar Aurora. Na minha cabeça, assim que ela me olhasse, descobriria que eu tinha escrito aquele troço horrível sobre a Poli.

— Não viu? — rebateu ela, chocada. — Meu Deus, Talita! Onde você vive? Embaixo de uma pedra?

O suor se acumulava no meu pescoço. Minhas mãos esfriaram.

Aurora se inclinou e sussurrou:

— Estão dizendo que foi alguém da escola.

— Não foi! — gritei em resposta.

Quando vi o espanto no rosto da Aurora, ajeitei o corpo, tentando disfarçar que estava prestes a correr para qualquer lugar longe dali. Tentei sorrir, mas tive a sensação de que meus dentes estavam à mostra de um jeito assustador, o espantalho psicopata de volta à cena.

— Isso tem cara de teoria da conspiração, isso sim — acrescentei, fingindo estar bem calma.

— Talita, a sua pálpebra… — Aurora semicerrou os olhos, como se estivesse tentando enxergar além da minha expressão falsa de tranquilidade. — … está tremendo. A do olho direito.

Cobri o olho com a mão. Ela precisava ser *tão* observadora? Dei uma risada forçada e disse que não era nada de mais.

— O olho do meu pai fica igualzinho toda vez que minha mãe pergunta se ele já tirou o lixo — comentou Violeta, tocando a própria pálpebra com o lápis. — Ele sai correndo e se tranca no quarto.

Droga, Violeta.

— Caramba, que vontade de fazer xixi — falei, porque foi tudo em que consegui pensar para me livrar daquela situação.

Eu me levantei, desesperada, como se uma sirene estivesse tocando no corredor da escola e eu fosse a única que entendia a *urgência* de sair dali.

Andei para longe delas, me esforçando para não correr e acabar dando pistas de que era uma foragida. Quando entrei no banheiro, me escondi na parte em que as moças da limpeza guardavam as vassouras e os baldes.

— O que eu vou fazer, o que eu vou fazer, o que eu vou fazer...?

— O que você vai fazer sobre o quê, Talita?

O pulo que dei para trás derrubou as vassouras encostadas na parede.

Era Aurora. Ela tinha me seguido e entrado no banheiro atrás de mim. Ouvi a voz dela se aproximando enquanto eu ajeitava a bagunça e tentava ganhar tempo.

— Sobre nada, Aurora. Só estou preocupada com as minhas... notas.

Continuei ajeitando as vassouras — que já estavam arrumadas —, mas eu não queria encará-la.

— Talita! Ei! — disse ela, agora muito perto e tocando as minhas costas. — Está tudo bem?

A culpa apertava tanto o meu peito que eu já não conseguia respirar. Então desmoronei.

— Foi você, não foi? — perguntou Aurora, e o tom carinhoso na voz fez com que eu me sentisse segura e acolhida.

— Foi. Eu estava com raiva, escrevi sem pensar, não imaginei que algo tão idiota ia ganhar uma proporção dessas. — Minha voz mal saiu.

— Entendi. — Aurora deu tapinhas nas minhas costas como se estivesse acalmando um filhote de cachorro. — Olha, todos temos um lado luz e um lado sombra. É normal a gente ter raiva e ranço, e expressar isso de um jeito esquisito às vezes. Acho que você não devia se culpar tanto. Todo mundo erra, não é?

— Por favor, Aurora, não conta para ninguém — pedi, sem conseguir parar de chorar.

Ela deu mais três tapinhas, dessa vez no meu ombro, e disse que ia ficar tudo bem. Juro que a vi dar um pulinho ao sair do banheiro e me deixar ali com as vassouras, naquele estado lamentável. Assim que ela se afastou, percebi que não estava me sentindo melhor. Então me tranquei em uma cabine e decidi que seria melhor ficar ali até a hora do intervalo, para me acalmar um pouco.

Funcionou. Comecei a ficar tão entediada por não poder sair sem ser pega por algum inspetor que *quase* esqueci minha tragédia pessoal.

Escutei o sinal. Agora era só esperar o intervalo acabar, e eu poderia ir para a sala sem falar com ninguém. Estava mais perto do que nunca de escapar de tudo aquilo.

Quando o sinal tocou de novo, lavei o rosto e fui às pressas para a sala, evitando contato visual com qualquer um. Ouvi Tae me chamar, mas ignorei. Eu só queria me esconder, sumir, voltar no tempo e ser, outra vez, aquela garota preocupada apenas com a vida dos personagens da ficção, não com a realidade.

Durante as aulas, tentei me concentrar no que os professores explicavam, mas não consegui. As vozes deles se acumulavam na minha mente e passavam a dizer o quanto eu era ridícula e maldosa, que era por isso que ninguém gostava de mim. Nem mesmo meu pai.

A imagem de Aurora saltitando no banheiro enquanto eu me debulhava em lágrimas voltou com tudo. Ela definitivamente não gostava de mim. Já devia ter contado para a escola inteira que era eu a autora daquele comentário idiota. Provavelmente também tinha corrido para contar a Violeta tudo de ruim que eu já tinha dito sobre ela antes de conhecê-la melhor.

Como eu ia fugir dali quando a aula terminasse?

No corredor, atrás daquela porta fechada, devia ter um monte de gente esperando por mim. Para me vaiar, questionar como eu pude falar mal de alguém tão inocente como a Violeta. Iam querer saber como tive coragem de ser tão cruel com a Poli Pamela, porque tudo tinha limite. Iam rir de mim e perguntariam como pude dizer que o Tae era esquisito por ser coreano... O Tae! *Por que* falei isso dele? Por que tinha dito todas aquelas coisas horríveis?

A aula não podia terminar. Eu não conseguiria olhar para a escola inteira, sabendo que todos finalmente haviam descoberto aquela parte de mim que era capaz de coisas tão abomináveis. Meu Deus, eu era a pior pessoa do mundo! O que eu ia fazer quan...

— Talita?

Os gritos na minha cabeça se silenciaram.

Era a professora.

— Está tudo bem? — perguntou ela.

Eu não tinha percebido, mas estava encolhida na carteira, e lágrimas escorriam pelo meu rosto, meu olhar petrificado.

A sala toda estava virada para mim.

Então, o último sinal tocou. Eu me levantei e fui embora às pressas, para que ninguém tivesse tempo de me perguntar nada. Só precisava sair da escola. Era isso. Ótimo. Eu tinha um plano.

Assim que saí da sala, Aurora e Violeta vieram atrás de mim, preocupadas. Eu sabia que elas me odiavam. Com certeza me diriam que nunca mais iam falar comigo.

Meu coração acelerou, o ar parecia ter sumido. O pouco que havia não estava empesteado pelo cheiro da fábrica, mas mesmo assim parecia pesado, difícil de inspirar.

— Talita? — Ouvi Aurora chamar.

Nem por um segundo acreditei naquela expressão aflita dela.

— Você já deve ter contado para a escola inteira mesmo, então ótimo! — comecei. — Fui eu, fui eu! Podem me odiar! Não ligo! Nem meu pai gosta de mim, então que diferença faz? — As lágrimas já molhavam a camiseta do uniforme, quase como se tivessem vida própria. — Eu sei que não devia ter feito aquele comentário! Eu odeio ter escrito aquilo! Porque nem detesto a Poli, nem o trabalho dela, nem nada sobre ela. Não de verdade. Assim como não sei por que vivo dizendo que a Violeta é chata, fala coisas sem sentido e que vive no mundo da lua, e que o Tae era esquisito e frio por ser coreano. Na verdade, acho que olhar para qualquer pessoa me faz lembrar que, no fim das contas, continuo sendo eu mesma. E eu *odeio* quem sou!

E, assim como minhas lágrimas, as palavras que saíam da minha boca pareciam ter vida própria. Eram um cavalo selvagem, galopando em alta velocidade depois de ter arrebentado a cerca.

— Então, tudo bem, me odeiem — continuei, secando o rosto com a camiseta —, porque não seria nenhuma novidade, sério.

Quando aquele embaçado causado pelas lágrimas enfim se dissipou, vi que o corredor inteiro me encarava, em completo silêncio, uns cinquenta alunos com os olhos arregalados e boquiabertos. A zeladora também estava ali, sem piscar fazia pelo menos uns dois minutos.

Aurora, que parecia ter visto um pintinho se afogando numa poça, disse, cheia de afeto na voz:

— Meu Deus, Talita... Eu jamais contaria essas coisas para alguém. Nós somos amigas. Eu adoro você.

Foi como se o farol de um carro se acendesse bem na minha cara, iluminando as dimensões da minha paranoia. Eu tinha acabado de contar para *a escola toda* o que eu mais temia que soubessem.

Então avistei Poli Pamela no meio dos alunos, os olhos dela vermelhos e exalando decepção. Dava para ver que o coração dela estava em pedacinhos. Assim que nossos olhares se cruzaram, os lábios dela tremeram, e Poli Pamela disparou pelo corredor. Aos prantos.

Violeta piscava, piscava e piscava, as sardas das bochechas perdidas com aquela movimentação, a mente agitada tentando entender por que eu faria comentários maldosos sobre alguém que me considerava uma amiga. A culpa entalou na minha garganta, um nó que se formou assim que percebi que, pela primeira vez, Violeta se enxergou como se tivesse algo errado com ela. Por *minha* culpa. Ela sorriu, constrangida, quase se desculpando por não ser uma garota "perfeita", e saiu andando rápido, apertando as mãos na frente do corpo.

Meu Deus, o Tae! Que ele não tenha me ouvido. Por favor!

Procurei pelo capuz do moletom, tremendo, torcendo para que ele já tivesse ido para casa.

Com os cabelos à mostra, o moletom dessa vez amarrado na cintura, Tae me encarava, encostado na parede do corredor, os fones de ouvido caídos no peito. Pelo menos *alguma coisa* estava dentro do esperado. Balbuciei "me desculpa", mas ele se manteve sério, sem reação. Colocou os fones e foi embora. Seu cabelo balançou com o movimento, mas não senti cheiro algum.

Restaram os outros alunos, e dava para ver que eles tinham certeza de que eu estava prestes a ter um colapso nervoso e cair no chão, desmaiada. Meus olhos se encheram de lágrimas de novo. E, para não chorar mais uma vez na frente de toda a escola, eu saí andando com a cabeça baixa.

Corri para casa, meu corpo pesando com a vergonha que me puxava para baixo. Meus ombros se retraíram, enquanto na minha mente eu me ouvia dizer outra vez, para a escola inteira:

Fui eu, fui eu!
Eu sei que não devia ter feito aquele comentário!
E eu odeio quem sou!

As expressões de Poli Pamela, Violeta e Tae passavam em *looping* na minha cabeça.

Podem me odiar! Não ligo! Nem meu pai gosta de mim, então que diferença faz?

Se meu pai tivesse me amado um pouquinho mais... será que eu seria diferente? Será que eu assumiria que adoro comédias românticas e histórias de amor, sem precisar fingir que assisto a documentários sobre filosofia ou descobertas espaciais só para parecer inteligente? Será que eu teria me tornado o tipo de garota que jamais pensaria em fazer uma postagem como aquela? Que não falaria mal de pessoas boas, que nunca me fizeram mal de verdade? Será que eu não me sentiria tão triste comigo mesma o tempo todo?

Eu chorava tanto que mal conseguia enxergar, e, no caminho, tropecei na calçada. Eram muitas lágrimas e pensamentos, e meu corpo não conseguiu aguentar. Eu me estabaquei no chão. A vergonha tinha vencido.

Quando cheguei em casa, fechei a porta com força, na esperança de deixar todos os problemas do lado de fora. Respirei e sequei as bochechas.

— Meu Deus, filha, por que você está sangrando?

Eu me virei e vi minha mãe em pé, na sala de estar.

— Por que você está em casa? — indaguei.

Um homem, sentado no sofá, ficou de pé com um movimento brusco.

Enxuguei os olhos. Era o meu pai.

— Você se machucou? — perguntou minha mãe, se aproximando, preocupada.

Então eu vi minha imagem no espelho da sala. Eu estava imunda. Meus joelhos sangravam. Nem tinha percebido que meu tombo havia sido tão feio.

— Oi, filha — disse meu pai, com um tom de pesar.

Era isso, então? Depois de meses sem dar as caras, era isso que ele tinha para me oferecer? Pena?

— O que eu fiz para você? — A pergunta saiu sozinha, contra a minha vontade.

— Do que você está falando, Talita? — retrucou ele, com um olhar dócil.

Eu me senti ainda mais patética. E furiosa.

— O que eu fiz para você me odiar tanto? — questionei, exasperada.

Minhas mãos tremiam.

— Talita, eu amo você. De onde você tirou isso? — respondeu ele, tentando se aproximar.

Pulei para trás como um animal ferido.

— Sai daqui! — gritei. — Por sua causa, as pessoas me odeiam!

— Talita, isso não é jeito de falar com o seu pai!

Ignorando os apelos da minha mãe para que me acalmasse e conversasse com aquele homem na nossa sala, corri para o quarto e me tranquei lá. Abracei as pernas e chorei até apagar, com a certeza de que meu pai iria embora da minha vida de uma vez por todas.

11

EU NEM SABIA QUE MINHA MÃE TINHA UMA CHAVE DO MEU quarto.

Bom, ela tinha.

E veio me acordar assim que meu pai foi embora. Eu estava exausta. Não sabia que ficar triste, triste mais uma vez, desesperada, paranoica e culpada à beça cansava tanto.

Minha mãe me arrastou até o banheiro, mas, em vez de me dar bronca ou brigar comigo, ela só esperou a água do chuveiro esquentar. Então me colocou dentro do box, ensaboou minha pele, passou o xampu no meu cabelo e lavou os arranhões no meu joelho, e nem reclamou quando chorei de dor. Ela me enrolou em uma toalha fofinha de algodão e me tirou do box, como quando eu era pequena. Penteou meu cabelo com cuidado. Tudo no mais absoluto silêncio.

A quietude da minha mãe dizia muito, e meu coração foi ficando quentinho. Quando ela me colocou sentada no sofá, eu ainda estava triste, mas pelo menos estava em casa. Acho que nunca me senti tão bem na segurança da minha sala de estar.

Respirando fundo, minha mãe se agachou diante de mim e falou, em um tom de voz que eu conhecia muito bem, mas que não ouvia fazia muito tempo:

— Talita, me desculpa. Cometi um erro dos grandes e preciso consertar isso.

Aquela era a voz de quando ela me segurava no colo se eu tivesse caído de patins ou perdido um brinquedo de que eu gostava muito. Era seu tom mais maternal.

— Sei que o divórcio não foi fácil para você — disse minha mãe. — Assim como você sabe que também não foi para mim. Eu gostaria que você não tivesse visto meu sofrimento tão de perto. — Ela colocou o cabelo desgrenhado para trás, inspirou todo o ar que havia no ambiente e colocou a mão no peito, na altura do coração. — Sei que você ficou triste por me ver triste e acabou pensando que seu pai foi embora não só da minha vida, mas também da sua.

— Mas ele *foi* embora da minha vida! — protestei.

Já nem ligava de parecer imatura.

— Filha, seu pai me contou que tentou ligar para você muitas vezes. Que mandou mensagens, que pediu para ver você, e só foi ignorado. Por quê?

— Por que você está do lado dele? — retruquei.

Então, ela segurou minhas mãos e olhou nos meus olhos com tanto amor que todos os argumentos se dissolveram.

— Quando seu pai foi embora, eu ainda o amava — disse minha mãe, fazendo carinho no meu cabelo. — Não queria me separar. Mas essa é a *minha* história com ele, filha. Não a sua.

Aquela frase desmontou minha armadura. De repente, não havia mais nada para me proteger. E comecei a chorar de novo. Minha mãe me abraçou.

— Você não precisa carregar meus erros e os do seu pai, Talita. Nem definir quem é bom ou mau, filha. Você não tem qualquer responsabilidade sobre o que aconteceu com o nosso casamento e, mais do que isso, é livre para amar nós dois.

Ela me estendeu um lenço de papel, e a expressão acolhedora se foi assim que notou o ombro da própria blusa todo molhado das minhas lágrimas e do meu funga-funga. Eu ri. Ela também.

Decidi não ir para a escola no dia seguinte. Nem no seguinte. Minha mãe insistiu para que eu fosse, mas acabou cedendo e me dando esses dias para espairecer. O fim de semana veio, e eu tive um pouco de paz. Nem toquei no celular. A verdade é que eu ainda não tinha coragem de assumir para as pessoas da escola que eu era aquela garota que elas haviam visto.

Estava realmente perdida. Como ia resolver aquela situação? Como ia resolver minha vida?

O que eu tinha feito era horrível, desprezível, nojento. Mas eu queria explicar para todo mundo que eu não era uma pessoa ruim. Tinha cometido erros que talvez não pudessem ser perdoados, mas valia a pena tentar.

Se eu pudesse voltar no tempo, diria para a Talita do passado não escrever aquela coisa estúpida sobre a Poli Pamela, não ter medo de se abrir com a Violeta, não julgar a Aurora, e, principalmente, dizer ao Tae tudo que mudou durante as aulas de arte e de beijo. *Eu* havia mudado.

Tae...

Será que ele ainda me odeia... muito?

Claro que odeia.

Por que eu tinha dito tantas coisas nada a ver sobre Tae quando na verdade não conseguia parar de pensar nele?

Era isso. Minha vida tinha acabado, eu estava sentenciada, ponto-final. Era o meu fim. Eu nunca mais voltaria a ter amigos, jamais beijaria na boca de novo e envelheceria conversando com violetas em vasinhos de cerâmica, com saudade da minha amiga, minha *melhor* amiga Violeta, imaginando o rosto fofinho dela nos miolinhos das flores. Adotaria uma calopsita quando completasse trinta anos e daria a ela o nome de Gioconda.

Não adiantava eu tentar conversar com as pessoas que tinha magoado. Ninguém ia querer me ouvir depois de todas as minhas burradas.

Certo?

Parei de balançar as pernas na velocidade das engrenagens da minha cabeça. Nem tinha notado que estavam tão inquietas. Porque havia algo ainda mais inquieto dentro de mim.

Eu precisava fazer alguma coisa. Ao menos *tentar*. Mas o quê?

Bem naquele momento, naquele exato momento, meu celular fez um barulho de notificação. Dei um gritinho e me escondi com o travesseiro ao ouvir o toque, como se uma mariposa tivesse entrado pela janela e voado atrás de mim. Acho que o detox digital dos últimos dias talvez tivesse me afetado um pouco demais.

Será que era alguém me xingando? Uma mensagem de algum hater, com um perfil tipo @ForeverPoli? A ONU me convocando para um inquérito, a fim de entender o contexto em que falei mal de alguém apenas por ter nascido na Coreia do Sul?

Ok, eu precisava lidar com aquilo. Vamos lá, Talita, respira fundo. Pega o celular. Encara a mensagem como a mulher forte e evoluída em que você se transformou nesses últimos dias.

Um áudio. Da Aurora.

Uma vez a professora de Biologia explicou que o estresse é uma reação do corpo a situações de perigo, sejam elas reais ou só percebidas. Quando a gente se sente ameaçado, uma reação química prepara o corpo para evitar ferimentos de basicamente duas maneiras: ou a gente foge, ou a gente luta.

E, de repente, decidi lutar.

Percebi tudo que a professora havia explicado acontecendo no meu corpo enquanto eu desbloqueava o celular para ouvir o áudio. A frequência cardíaca aumentando, a respiração acelerada, os músculos se contraindo.

Eu estava preparada para agir.

E para deitar em posição fetal também, é claro. Mas vamos focar na luta.

Comecei a ouvir o áudio.

A SENHORA FALTOU À AULA. DOIS DIAS!!! DOIS. DIAAAAS.

Soltei uma gargalhada que até eu achei esquisita, como se tivesse reagido a um aviso dilacerante, tipo "você está condenada à prisão perpétua", e dois segundos depois recebido o clássico "brincadeirinhaaa".

Tá. Mas não foi por isso que decidi mandar um áudio pra você. Talita, você acha mesmo que eu contaria para alguém que foi você que escreveu aquele negócio sobre a Poli Pamela? Eu jamais trairia a sua confiança. O Universo nos uniu, eu nunca brincaria com algo sério assim. Ainda mais sendo uma libriana. Libra tem tudo a ver com a arte das relações, caso você não saiba.

A gente pode conversar melhor sobre isso, tá? Mas eu quero que seja pessoalmente! Por que você não vai para a aula na segunda e evita reprovar por falta? O-BRI-GA-DA.

Meu coração derreteu igual a sorvete no asfalto recebendo todos os raios de sol da manhã. Fiquei pensando que nos últimos tempos eu tinha me afastado um pouco da Aurora. Acho que foi porque estava muito focada nas aulas com o Tae e fiquei com medo de ela ficar chateada comigo. Era bom ver que Aurora ainda estava na minha vida, e disposta a me ajudar. Se o Universo realmente sabia o que estava fazendo, como minha amiga sempre sugeria, talvez o áudio dela fosse a confirmação de que eu ainda tinha uma chance de consertar as coisas.

E eu precisava começar por Violeta.

Liguei para ela. Tinha certeza de que Violeta não ia atender.

— Meu telefone recebe ligações normais? Uau! Achei que o plano que minha mãe pagava só cobria internet e ligações de telemarketing.

Nada de "alô" ou "oi, tudo bem". Aquela reação não poderia ser mais Violeta.

— Será que a gente pode se encontrar na entrada da escola na segunda, antes da aula? Preciso falar com você — pedi.

— Você poderia ter perguntado por mensagem — respondeu ela. E, de repente, ouvi Violeta mastigar algo crocante.

— Melhor a gente desligar, não sei se minha mãe paga pelas ligações que recebo.

— Se você está recebendo ligações, provavelmente está tudo bem com a sua conta, Violeta.

— Não sei, minha mãe não me falou nada sobre isso… — rebateu ela.

Será que ela estava fugido de mim? Só sei que mal pude decifrar o que minha amiga disse, porque o som de mastigação aumentou, e parecia que alguém estava amassando uma embalagem de ovo de Páscoa.

— E se chegar uma conta aqui em casa de mil reais? — indagou Violeta. — Melhor a gente desligar.

Então ela… simplesmente desligou. Bem na minha cara. Inacreditável.

Três segundos depois, recebi uma mensagem:

> Você vai levar alguma comidinha gostosa para aliviar sua barra?

12

COMO NÃO QUERIA QUE ME RECONHECESSEM TÃO FACILmente, decidi vestir um moletom de capuz para ir à escola. Perto da entrada, cobri a cabeça e fiquei esperando Violeta. Assim que ela desceu do carro, olhou para mim e acelerou o passo na direção do portão, me evitando.

— Violeta! Ei!

Ela deve ter percebido o tom de indignação na minha voz, porque deu meia-volta e se aproximou.

— Você não disse que ia conversar comigo? — falei. Tirei o capuz, para que ela conseguisse ver minha expressão revoltada.

— Não estou entendendo nada.

— Desviei porque pensei que fosse um ladrão tentando me assaltar. Cadê a coisinha gostosa?

Violeta deu um pulinho animado. Fiquei feliz de perceber que eu não tinha matado de vez o jeito espontâneo dela.

— Aqui, toma — falei, entregando o bombom que tirei do bolso.

— Chocolate com coco? Cruzes. — Ela abriu e deu uma mordida. — Vou ter que comer porque estou com fome. Credo. Parece que o chocolate é peludo — disse, com pedacinhos de coco no canto da boca.

— Tá, me escuta um minuto. — Apertei tanto os meus dedos que conseguia ouvir minha mão falando para a outra: "Você está me sufocando." — Eu queria pedir desculpas por ter falado aquelas coisas sobre você.

— Que coisas?

— Semana passada, quando acabei confessando aquelas coisas no corredor da escola. Eu vi como você ficou triste. E foi embora chateada comigo.

— Ah, sim, sim, eu lembro. Então... — Ela comeu o último pedaço de chocolate, mastigou um pouco e continuou: — Na verdade, fui embora porque senti uma vontade muito grande de fazer xixi.

Sério. Se minha cara fosse feita de vidro, teria rachado.

— Era um desabafo e tal — continuou ela —, eu sabia que era importante, até pensei "Violeta, sua *melhor* amiga precisa de você, aguenta!", mas não deu, eu estava muito apertada mesmo. Ou eu te ouvia, ou fazia xixi nas calças. Foi mal.

A garota mostrou os dentes em um enorme sorriso, parecendo um emoji gigante.

— Então você não está brava comigo? — Foi tudo que consegui dizer, em choque.

— Nós somos *melhores* amigas. Acha que eu ia ficar brava porque você falou uma besteira? Eu também já falei umas coisas de você para as pessoas. Tá tudo certo.

— *O quê?* O que você falou sobre mim?

— Quando eu me aproximei de você naquele dia que vomitaram no seu tênis, senti aquele cheiro horroroso e *jurei* que você tinha soltado um peido na frente de todo mundo, sem se preocupar com o julgamento dos outros. Aí falei para umas pessoas que você era, sabe, *destemida*. E que isso era legal. — Violeta ergueu as mãos. — Aí, falei que eu ia ser sua *melhor* amiga. — Ela fechou uma das mãos e deu um soquinho na palma da outra, feito um martelo anunciando o veredito. — Porque você é uma garota à frente do nosso tempo.

Violeta terminou a explicação, e eu não sabia se dava um abraço apertado nela ou se ligava para a Polícia Federal e pedia uma vaga no programa de proteção às testemunhas, já que agora precisava de uma nova identidade, porque a escola inteira devia pensar que eu sofria de flatulência.

— Obrigada, Violeta.

— Pelo quê? — Ela bocejou e esfregou o olho.

— Por ser você — falei.

Escolhi a primeira opção. Dei um abraço apertado na minha amiga, minha *melhor* amiga, com a certeza de que eu faria tudo ao meu alcance para que nossa amizade durasse para sempre.

Depois daquela imensa demonstração de afeto por Violeta, nós entramos no colégio. Ainda era cedo, então não havia tantos alunos no corredor. Espiei da porta a sala da Poli. Senti o estômago revirar de nervoso. Eu ainda não fazia a menor ideia do que ia dizer para ela.

— Ah, Talita! Eu aceitei ir à festa com aquele garoto que me convidou, lembra? — comentou Violeta.

— Que festa?

A carteira de Poli estava vazia. Ela ainda não havia chegado.

— A Festa de Inverno, ué. — Violeta me deu um tapa no ombro. — Já esqueceu? Já é sábado agora.

Agora eu entendia perfeitamente como a garota do último drama coreano a que eu tinha assistido se sentiu ao acordar do coma, após seis anos, e por que ela não reconheceu o homem que amava sentado ao lado dela no hospital. Caramba, por onde eu tinha andado naquelas últimas semanas, que não percebi a Festa de Inverno se aproximando? E pior: mal tinha pensado no Gustavo. Ele não passava pela minha cabeça havia dias.

— A Festa de Inverno é sábado agora? — perguntei, incrédula.

— Calma, agora você me deixou confusa — disse Violeta, segurando as alças da mochila amarela.

Um aluno com quem nós duas havíamos trocado meia dúzia de palavras — somadas — passou pela gente, e Violeta agitou a mão para chamar a atenção dele.

— Bom dia, meu jovem, tudo bem? — começou ela.

Senhor do céu.

O garoto ergueu uma sobrancelha, desconfiado. Não julguei. Eu teria feito o mesmo.

— A Festa de Inverno é quando mesmo?

— Sábado agora? — respondeu o garoto, quase rosnando por se ver obrigado a perder tempo explicando coisas óbvias para duas malucas.

— Ah, muito obrigada, amado. Tenha um dia muito produtivo. — Violeta deu um tchauzinho para o menino e se voltou para mim, totalmente alheia ao fato de que tinha agido de um jeito bem esquisito. — Viu? Sábado agora.

— "Meu jovem"? Sério mesmo? — questionei.

— Legal, né? Meu pai fala assim. Quer dizer, só quando estamos sendo atendidos em algum lugar. Mas acho muito educado. Dá para usar com todo mundo. Ah! E quando ele quer, tipo, parecer mais íntimo da pessoa, ele fala "Meu nobre". Legal, né?

Mais uma vez tive certeza de que Violeta vivia no próprio mundo, e até que eu gostava dele.

De relance, vi Aurora no início do corredor, e ao nos avistar ela correu em nossa direção, as fitinhas do Senhor do Bonfim amarradas no zíper da mochila balançando. Por um instante, pareceu que havia serpentinas saindo da axila direita dela.

— Talitaaa! — gritou Aurora, e me deu um abraço tão forte que na mesma hora me veio à mente a água-viva que grudou na perna da minha mãe em Guaratuba. Férias históricas aquelas. — Meditei tanto pensando em você esses dias. Olha, trouxe isso aqui especialmente pra você.

Ela tirou do bolso uma pedra rosa-clara e me entregou.

— É um quartzo rosa. É a pedra para atrair o amor. Inclusive o amor-próprio — explicou Aurora, e deu um sorrisinho, meio sem jeito. Ela ajeitou meu cabelo atrás da orelha, depois segurou minha mão. — Nós somos amigas, certo?

Ela olhou para mim e em seguida para Violeta, que fez um sinal de positivo com os dois polegares.

Apertei a pedra na palma da mão, acreditando que o poder dela me ajudaria a ser honesta sobre o alívio que eu estava sentindo ao descobrir que Aurora não estava magoada comigo e ainda gostava de mim. Eu não queria mais fingir que não precisava de ninguém. Senti vontade de dizer às pessoas como elas eram importantes na minha vida. Com meu rosto queimando de vergonha, e sabendo que provavelmente minhas palavras sairiam como se eu tivesse um ano de idade, tomei coragem e falei:

— Eu... hum... achei que você... errr... não gostasse mais de mim. Desculpa por... hum... ter pensado isso. E p-por n-não ter sido *totalmentesinceracomvocê*.

As últimas palavras saíram atropeladas, e gaguejei tanto que devo ter soado como em uma videochamada com a internet péssima.

— Ai, Talita, você é um presente do Universo na minha vida.

Mais um abraço (ou tentativa de me esganar).

Aurora que me desculpasse, mas eu não estava nem perto de ser um presente do Universo enquanto não resolvesse aquela situação com todas as pessoas que decepcionei.

— Oi, Talita.

Arregalei os olhos como se tivesse ouvido um alarme.

Ai, meu Deus! Era o Tae?

Por cima do ombro da Aurora, vi Gustavo com as mãos no bolso. Meu coração murchou igual a uma bexiga em fim de festa.

Aurora me soltou do abraço e puxou Violeta pela mão. Eu sabia que elas iam se afastar para me dar privacidade. Respondi ao "oi" do Gustavo e, depois disso, não ouvi mais nada. Nem fazia ideia de há quanto tempo ele estava falando comigo quando vi Tae surgir ao longe, com a mochila no ombro. Quando percebeu que eu não estava sozinha, colocou os fones de ouvido e passou reto, sem nem olhar para mim.

— Talita? Você ouviu o que eu disse? Talita?

Não, eu não tinha ouvido nada, nem uma palavra. Porque a voz do Gustavo, sei lá por quê, me lembrou aquele cheiro melado e enjoativo da fábrica de doces. Um cheiro que eu estava pronta para admitir que não queria mais por perto.

Só que lá estava ele, puxando assunto, me elogiando, me rodeando como se me protegesse de algum perigo em um k-drama policial. Era para ser algo gentil, mas eu me senti sufocada, minha imaginação recriando o cheiro doce que eu tanto odiava com tamanha perfeição que tive um leve enjoo, acompanhado da sensação de que todo o ar respirável havia sido roubado do ambiente.

Quando Gustavo estendeu a mão para tocar no meu braço, meu corpo reagiu, se lançando para trás, quase como se eu tivesse levado um empurrão. Fiquei muito constrangida ao ver a confusão no rosto do Gustavo. Então lembrei que a culpa não era dele.

— Desculpa, Gustavo. Eu estou um pouco... estranha hoje. Não é nada com você, juro — falei.

Ele sorriu, compreensivo, mas também aliviado.

— Ansiosa para a festa? — perguntou.

— Claro.

Ao que parecia, meu vocabulário tinha reduzido em uns noventa por cento.

Comecei a me sentir mal pelo garoto. Nada estava saindo como eu havia planejado. Minha falta de animação não condizia com o fato de eu ter um encontro marcado com o cara de quem eu gostava fazia tantos meses.

Escutei alguém vindo pelo corredor. Era a Poli. Estava bem diferente: o rosto sempre alegre tinha desaparecido. Vê-la triste por minha causa fez meu coração ficar bem, bem pequenininho.

Eu não tinha forças para lidar com um crush que não era mais crush (pois é, era isso mesmo) e com a menina que eu havia xingado na internet. Eu precisava escolher. Então, inventei uma desculpa e me afastei do Gustavo. Meus pés aceleraram no mesmo instante em direção a Poli. Eu estava disposta a baixar a guarda, ser vulnerável, até me humilhar, se fosse preciso. Só queria que ela me desculpasse pelo que eu tinha feito.

— Poli, me desculpa. Por favor, me desculpa — implorei.

Já sentia o peso saindo de mim, a alma ficando uns trinta quilos mais leve, o…

— Sai daqui, Talita! Nunca mais quero olhar na sua cara.

Bum! A bomba me acertou em cheio. Eu tinha comemorado cedo demais.

— Sei que o que eu fiz foi horrível… — insisti.

— Não, Talita, você não sabe. Você não faz a menor ideia. — As lágrimas se acumularam nos olhos de Poli e começaram a descer em cascata. A raiva que ela sentia de mim era intensa demais, e cada palavrinha que ela dizia perfurava meu coração. — O que você fez foi só a ponta do iceberg. Tem ideia do que significa se colocar na internet todos os dias? Eu lido com comentários como os seus o tempo todo, estou até acostumada. Mas jamais esperava que isso viesse de uma pessoa que eu queria ter por perto. Se até uma "amiga" escreve uma coisa dessas, para que serve meu trabalho? É melhor desistir disso tudo.

— Poli, me perdoa, eu nunca imaginei…

— Sério, nunca mais fala comigo. Eu detesto você, Talita — disse ela, já se afastando.

Fiquei imóvel até que o corredor estivesse vazio, com todos os alunos em suas respectivas salas. A inspetora me conduziu até a minha e, mais tarde, indo para casa, eu mal me lembrava do que tinha sido dito nas aulas.

Eu precisava me redimir.

13

MEU ERRO TINHA SIDO PÚBLICO. ENTÃO MEU PEDIDO DE desculpas também precisava ser. Tive a brilhante e original ideia de gravar um TikTok.

Estava há pelo menos uma hora tentando dizer algo que prestasse. A imagem nunca ficava boa, eu gaguejava, falava "éééé" o tempo inteiro, e o celular caiu umas duas vezes da pilha de livros que improvisei como tripé. Em algumas tentativas falei alto demais, em outras, tão baixo que quem assistisse provavelmente acharia que eu estava com o dedo em cima do microfone. Tive que apagar a única versão que ficou decente, porque depois que notei uma remela presa nos meus cílios, não consegui desver.

Caramba, era difícil. Como a Poli conseguia produzir tanto conteúdo e fazer aquilo parecer fácil? Percebi que a vida de criadora de conteúdo digital não era moleza. Nunca mais ia zombar de influenciador nenhum (bem, dos legais, pelo menos).

Poli Pamela tinha talento, já eu só tinha minha vontade de me desculpar. Se era isso que eu podia oferecer, então era nisso que eu me concentraria.

Posicionei o celular com a câmera frontal virada para mim pela milionésima vez. E toquei a tela para gravar.

— Duas semanas atrás, eu fiz um... — Minha voz saiu entrecortada. A tensão no meu corpo já devia ter alcançado minhas cordas vocais. Que se lascasse, eu iria até o fim. — ... comentário anônimo péssimo sobre a Poli Pamela, e ele viralizou na internet e a deixou muito, muito triste. Estou fazendo esse TikTok para dizer que me arrependo demais de ter feito isso com a Poli. — A expressão da garota dizendo que me detestava saltou na minha cabeça. Eu quis chorar, mas me segurei. — Eu odeio ter escrito aquilo. E odeio ainda mais não ter percebido que não estava com raiva da Poli, mas sim... de mim mesma. — As lágrimas se acumulavam. Dei uma respiradinha e vi na tela meu sorriso esquisito, tentando disfarçar o choro. Dane-se, Talita, não tem que ser brilhante, só tem que ser honesto. — Eu estava com raiva da minha vida, sabe? De tudo que eu não era e queria ser. — O celular escorregou de novo. Peguei e segui gravando. Não dava mais para esconder meus erros. Eu não podia mais me proteger. — Desculpa, gente, não sei bem o que estou fazendo... — Parei. Respirei fundo. — Continuando... Estou fazendo esse vídeo para afirmar com todas as letras que as coisas que eu disse não fazem o menor sentido. Minhas palavras foram cruéis e erradas. Eu fiquei muito irritada quando a Poli fez o vídeo sobre o meu tênis... vomitado... e acabei pegando pesado nos comentários. — Senti meus olhos se encherem de lágrimas DE NOVO. *Não chora, Talita, por favor. Segura!* — Mesmo assim, a Poli não merecia aquele comentário horrível. E o fato de eu ter escrito mesmo assim diz mais sobre mim do que sobre ela. Por isso quero pedir desculpas, Poli, e espero que você esteja vendo este vídeo. Me perdoe por ter feito você acreditar nessa mentira de que você não é uma garota incrível. Porque você é. — As lágrimas estavam escorrendo pelo meu rosto mesmo? QUE SACO! Seca isso, Talita. — Bem... Esse TikTok é uma tentativa de me redimir. Vou me desculpar sem me esconder, ao contrário do que fiz quando falei mal de você. E vou continuar postando vídeos assim até aquele que viralizou parar de ser compartilhado. Obrigada. É isso.

Parei de gravar. Postei o vídeo. Busquei os perfis de vários tiktokers grandes que haviam criado conteúdo com o meu comentário, fui atrás dos vídeos sobre o assunto (que tinham feito aquela história viralizar) e colei o link para o meu vídeo nos comentários.

Quando terminei, já era tarde da noite. Apaguei na cama, exausta. Minha vida de criadora de conteúdo tinha começado fazia menos de vinte e quatro horas e eu já estava pensando em desistir.

Eu me sentia tão cansada que, quando o despertador do celular tocou, parecia que eu só havia dormido uns quinze minutos.

Enquanto tomava banho e me arrumava, uma pergunta se repetia na minha cabeça, sem parar, freneticamente. Meu cérebro tinha pifado de vez.

Será que a Poli assistiu ao meu vídeo?
Será que a Poli assistiu ao meu vídeo?
Será que a Poli assistiu ao meu vídeo?
Será que a Poli assistiu ao meu vídeo?

Quando vi frutas picadinhas e granola na mesa, percebi que era um daqueles dias em que minha mãe resolvia preparar um café da manhã incrível. As torradas estavam douradas, a geleia tinha pedaços de morango e o café cheirava a família feliz.

Consegui aproveitar alguma dessas maravilhas? Óbvio que não. Porque minha mente havia bloqueado meu paladar e tirado o meu apetite. Ela estava ocupando demais repetindo:

Será que a Poli assistiu ao meu vídeo?
Será que a Poli assistiu ao meu vídeo?
Será que a Poli assistiu ao meu vídeo?
Será que a Poli assistiu ao meu vídeo?

— Talita, você está comendo iogurte natural sem nada? — Minha mãe me encarava, abismada. — Desde quando você não adoça o iogurte natural?

Será que a Poli assistiu ao meu vídeo?

Será que a Poli assistiu ao meu vídeo?
Será que a Poli assistiu ao meu vídeo?
Será que a Poli assistiu ao meu vídeo?

— Ah, pois é. — Meio potinho já estava no meu estômago, e fiquei até impressionada de não ter sentido o gosto nojento. De qualquer forma, coloquei um pouco de mel. Vai que meu cérebro volta a funcionar enquanto engulo uma colherada cheia? — Não percebi, mãe. Estou preocupada com algumas coisas.

— Está tudo bem, filha? Tem algo que eu possa fazer para ajudar?

— Obrigada, mãe. Mas preciso resolver isso sozinha.

Violeta veio saltitando na minha direção, com Aurora logo atrás. As duas pareciam muito animadas.

— Talita, *adorei* o seu vídeo! — exclamou Aurora.

— Eu mostrei pra todo mundo lá em casa — disse Violeta, me abraçando pelo ombro. — Minha mãe chorou.

— Vocês gostaram mesmo?! — perguntei, tão alto que um grupinho de alunas conversando perto da porta da sala ao lado olhou para a gente.

— Achei ótimo, de verdade.

— Eu também — acrescentou Violeta.

— Tão sincero, sabe? — disse Aurora, com uma voz fofa.

— Também achei. — Violeta imitou a entonação da outra.

— Espero de verdade que a Poli veja. E que vocês façam as pazes.

— Eu também.

Meu Deus, eu parecia um eco que, em vez de repetir, reiterava.

Então, Aurora pegou o celular no bolso lateral da mochila e me mostrou a tela:

— Olha! Eu até compartilhei.

O sorriso de Aurora me encheu de esperança e, juro, precisei me segurar para não erguer as mãos em comemoração e sair cantando. Nossa, então era *assim* que alguém otimista se sentia? Dois minutos de leveza e eu já queria essa vida para mim.

— Oi, meninas!

Era o Gustavo. Ai, meu Deus.

Violeta fez um joinha com o polegar para cumprimentá-lo. Já Aurora deu um tchauzinho de Miss Brasil.

— Tudo bem, *Talita*?

A ênfase no meu nome me deu a sensação de que ele diria algo que rimasse, como naquela vez da música na festa. Algo como: "Tudo bem, *Talita*? Como vai a sua *marmita*?"

— E aí, firmeza? — falei.

Firmeza? Sério?

— Há? — Gustavo parecia confuso, como se não entendesse por que eu havia dito aquilo.

— Beleza? — perguntei.

— Ah, sim. Beleza.

Ele se aproximou e passou a mão na pontinha do meu cabelo, num gesto carinhoso e delicado. Violeta levantou as sobrancelhas, e eu a conhecia bem demais para saber que minha amiga estava pronta para perguntar: "Ei, garoto, você gosta da Talita?" Aurora a puxou pela mão bem na hora, dando risadinhas, e as duas se afastaram. E eu? Bom, se tivesse um daqueles foguetes sinalizadores para pedir socorro, com certeza o teria disparado no corredor da escola, sem pensar duas vezes.

Espera aí. Que caixinha era aquela que ele estava segurando?

Por favor, que não fosse para mim. Por favor, que não fosse para mim.

— Talita, trouxe uma coisa para você. — As bochechas dele ganharam um blush natural repentino. — Toma.

E lá se foi meu otimismo.

Segurei a caixinha azul de veludo, meio esperançosa. Ao abri-la, me perguntei se o que estava ali dentro teria o poder de trazer de volta o que um dia senti pelo Gustavo. Uma estranha saudade de gostar dele enfraqueceu meu corpo. Era uma época em que eu não magoava ninguém, não beijava garotos da escola, não tinha conversas honestas com minha mãe sobre o divórcio dos meus pais nem gravava vídeos no TikTok para pedir desculpas a alguém com quem eu nem sabia que me importava.

Aquela nova vida que eu tinha criado me assustava. Assim como aquela caixinha de veludo. Porque, dependendo do que tivesse lá dentro, eu saberia que a próxima pessoa que eu magoaria seria Gustavo.

Quando enfim a abri, dei de cara com um pingente. Era uma miniatura da porta da casa do Frodo no Condado. Era lindo. Muito, muito lindo. Mas tudo que senti vontade de dizer era que eu não merecia aquele presente.

Porque a verdade era que eu não estava mais a fim do Gustavo.

— Obrigada — falei, me esforçando para parecer contente.

Aquele esforço para esconder o que sentia trouxe Tae à minha mente. Não só para a minha mente. Para o meu coração também.

As articulações dos meus tornozelos falharam de nervoso. Cheguei a cambalear um pouco, mas me recompus.

O sorriso da minha antiga paixonite comprovou que minha atuação tinha sido convincente.

— Sabia que você ia gostar. — Ele ajeitou os óculos redondos, animado. Fiquei pensando que, se estivesse sozinho, teria dado soquinhos efusivos no ar. — Achei a sua cara.

E era mesmo. Talvez aquele fosse um dos presentes mais legais que eu já tinha ganhado. Ainda assim, a tristeza embargou minha voz, e senti uma vontade repentina de chorar. Como eu ia dizer para o Gustavo que as coisas tinham mudado? Eu não conseguia, mas precisava fazer isso. Não era justo com ele.

Tae passou por nós em direção à sala de aula quando eu ainda segurava a caixinha aberta. Vi seus olhos mirarem o presente na minha mão. De capuz, ele encarou o chão e não deu qualquer sinal de que pararia para falar comigo.

É, ele estava mesmo chateado.

— Acho melhor eu entrar — falou Gustavo, com um tom apaixonado.

Sorri, sem saber o que fazer, tomada pelo desespero.

— Até depois — despediu-se ele.

Assim que Gustavo deu as costas, corri até Tae. Eu me enfiei na frente dele, e quase tropeçamos um no outro. Por pouco não fomos os dois de cara no chão.

— Desculpa... Oi! — Foi tudo que consegui dizer.

Tae ergueu o rosto e me encarou, semicerrando os olhos escuros e a reduzindo a uma mísera poça. Meu corpo relaxou, como se ele tivesse tocado minhas costas, como na última vez em que nos beijamos lá em casa. É... eu tinha revisitado essa cena nos meus sonhos umas novecentas vezes.

Tae tirou um dos fones de ouvido e, antes que eu pudesse dizer qualquer coisa, falou:

— Eu sei. Fiquei te devendo uma aula — afirmou ele, com uma frieza muito parecida com a do primeiro dia em que conversamos.

Aquilo doeu. Doeu mais do que se ele tivesse me ignorado.

— Na verdade, eu queria conversar — falei, hesitante.

Tae jogou o capuz para trás, e o cabelo liso deslizou para o lado. Minha mão queimou, desesperada para tocá-lo. Meu nariz sentiu aquele perfume só dele.

— Pode ser no intervalo? — perguntei, esperançosa.

Eu devia estar parecendo um filhotinho pedindo colo.

— Depois da aula, melhor — respondeu Tae, colocando o fone de ouvido de volta.

Ele simplesmente desviou de mim e seguiu em frente, em direção à sua sala.

Não sei como cheguei até o fim do dia sem desmaiar. Contei os minutos, literalmente. Acompanhava o relógio do celular e questionava se o tempo estava mesmo passando. Talvez minha ansiedade tivesse feito o planeta parar de girar.

No intervalo, não consegui comer nem fazer qualquer outra coisa. Só queria que as aulas acabassem logo para eu falar com ele. Confesso que fiquei aliviada ao ver que Poli Pamela não tinha ido à aula. Acho que seria emoção demais para um dia.

Quando o sinal tocou, me levantei da carteira como se a escola estivesse pegando fogo. Passei apressada por Violeta, que reclamou da minha falta de educação, mas eu não tinha condições físicas de aguardar mais um milésimo de segundo para falar com Tae.

Assim que saí do prédio, vi que ele já me esperava na escada. Isso talvez fosse bom, certo? Ele não tinha ignorado meu pedido.

— Nós vamos até a minha casa de novo? — perguntei, tímida.

Nada em mim respondia às ordens de pelo menos *fingir* que não via a hora de beijar aquela boca de novo.

— Não precisa. Vai ser rápido. Pensei em outro lugar dessa vez — respondeu ele.

Tae pegou minha mão e me puxou, e quando vi estávamos voltando para dentro da escola, seguindo pelo corredor no fluxo contrário ao dos outros alunos. Fomos para aquele mesmo corredor meio abandonado em que selamos nosso acordo, e Tae me levou até uma salinha que eu nem sabia que existia ali. Na penumbra do cômodo apertado, abri uma fresta da cortina para deixar entrar um pouco de claridade.

— Você não quer ligar a luz? — perguntei.

— Como eu disse, não vai demorar.

Então ele fechou a porta e veio para perto de mim, me segurando pela cintura e me empurrando para trás até eu encostar na parede entre as estantes. Fiquei sem fôlego. Meu coração disparou. Sem dizer nada, Tae colou a boca na minha. Seu beijo era intenso, cheio de vontade. Estava nítido a cada toque que nós dois tínhamos um encaixe perfeito. Meu corpo ficou tão quente que achei que estava com febre ou perto de ter um treco.

A língua dele procurou a minha. Tinha um gostinho doce de caramelo. Eu abriria mão de comer sobremesa pelo resto da vida em troca de ter aquele beijo delicioso todos os dias. As mãos de Tae me apertavam com força contra o corpo dele. A intensidade daquele contato me obrigou a agarrá-lo pelo pescoço, porque por um segundo senti que ia desfalecer.

Quando o beijo acabou, nós nos encaramos, os dois ofegantes.

Tae me soltou. Pegou a mochila e saiu da salinha.

Ele me deixou ali, eu e minhas pernas bambas, à deriva, como um protagonista faria com a garota que ele ama, mas com quem, por algum motivo, não podia ficar. Era um último beijo, um beijo poderoso, daqueles de bagunçar tudo, e em seguida o garoto sumiria da vida da garota, para nunca mais voltar.

Só que quando essas coisas acontecem na vida real não é nada divertido. É... parecia que a minha vida tinha se tornado um k-drama.

Eu estava chegando ao episódio final, e Tae não ouviu nada do que eu tinha a dizer...

Almocei o mais rápido que pude e corri para gravar mais um TikTok. Apertei o botão na tela do celular e, dessa vez, gaguejei menos:

— Nesses últimos dias descobri que gosto muito de uma coisa. Sabem o que é? De estar errada. — A frase me espantou, como se não tivesse saído da minha boca. — Estar errada, isso mesmo. Foi muito bom perceber que estava errada sobre a Poli. Principalmente sobre quem ela é. Achava a Poli metida por ser famosa, mas, na verdade, eu só não tinha coragem de dizer que a admirava por ela fazer o que tem vontade. Por demonstrar o que sente pelas pessoas, mesmo que isso às vezes seja mal interpretado. — Suspirei, pensando em como seria *incrível* ter a coragem dela. — Posso até ter medo de ser honesta como a Poli, mas isso não faz com que eu a admire menos. Também gostei de descobrir que eu estava errada sobre... os meus sentimentos. Achei que precisava dar conta de tudo sozinha, que não podia confiar em ninguém, que era melhor fazer tudo sozinha. Mas com o tempo descobri que confiar nos dá força para... para sermos livres para nos mostrarmos para o mundo exatamente como somos.

Eu me lembrei do sorriso enorme da Violeta. E Aurora gesticulando toda empolgada quando falava sobre signos ou sobre os poderes cósmicos do universo. E do ar misterioso do Tae, se desfazendo bem diante de mim à medida que ele se abria e me contava do avô. Pensar neles era como tomar chocolate quente na frente de uma lareira no inverno, ainda que eu nunca tivesse feito isso. Era um contentamento doce e quentinho, que dava a sensação de lar, de pertencimento, e de alguma forma isso fazia meus erros terem valido a pena. Porque eu tinha errado, e por isso sabia que queria *muito* acertar.

— Espero que a gente possa ser amiga, Poli. Acho que é isso. Câmbio, desligo — falei, e em seguida postei o vídeo.

14

APÓS TER DEDICADO HORAS DA MINHA NOITE A TENTAR ENtender o comportamento de Tae na escola, o que aquele beijo tinha significado e se ele gostava de mim pelo menos um pouquinho, acordei com uma ligação no celular. O despertador ainda não havia tocado. Era o meu pai. A musiquinha insistia, determinada, e, pela primeira vez em muito tempo, cedi.

— Talita?

— Oi, pai.

Caramba, há quanto tempo eu não conversava com o meu pai? Minha voz devia ter saído enferrujada, já que eu precisava descobrir como voltar a me comunicar com ele.

— Nossa, agora que me toquei do fuso horário. Desculpa, amor, acho que acordei você, né?

Será que ele estava na Europa? Não quis perguntar. Ainda não estava pronta para ficar jogando conversa fora, como se não tivesse gritado com ele poucos dias atrás.

— Pode falar um pouco, filha? — acrescentou ele.

— Pai, eu sei que sumi. E que ignorei você…

— Mais de um mês, para ser mais exato.

Uau. Ele tinha contado.

Mal deu para ouvir a risada nervosa e triste do meu pai, mas foi o bastante para derreter o restinho do muro que eu havia construído para me proteger da falta que ele fazia.

— A gente vai conversar. Eu juro — falei. — Só preciso de mais um tempinho.

Fiz de tudo para que ele entendesse que eu via como o afastamento o machucava também e que eu me importava.

— Claro, claro. Só de conversar um pouquinho com você já fico mais feliz — confessou ele. E deu mais uma risadinha esquisita para disfarçar a tristeza. Por um lado, era uma droga conhecer tão bem o meu pai. — Escuta, precisei viajar de novo, mas volto amanhã. Caso você, sei lá, queira jantar, dormir lá em casa, de repente eu poderia te buscar...

Eu não sabia bem se queria vê-lo, mas acho que só descobriria se o encontrasse.

Conversamos mais um pouco e, quando desligamos, não consegui mais dormir.

O jeito era me arrumar para a escola. A caixinha de veludo com o presente de Gustavo me encarava de cima da estante. Coloquei na mochila sem pensar muito e saí.

Mais um dia naquela batalha. Eu, a Joana d'Arc dos pedidos de desculpa. A porta-bandeira da escola de samba Imploro por Perdão Humildemente.

— Fiiilha!!! Já está pronta??? — Minha mãe berrou tão alto da cozinha que alguma adolescente de um prédio do outro lado da cidade poderia achar que era com ela. — Posso dar carona para você hoje, já que acordou mais cedo. É pertinho, mas é melhor do que ir andando.

No carro, minha mãe colocou para tocar um áudio daqueles com voz calminha e música tranquila:

Sinta a força e a flexibilidade da sua coluna vertebral.
Permita que a plenitude da existência trabalhe através de você.
A expansão vibracional acontece em meio ao total relaxamento e à entrega.

O que a coluna vertebral tinha a ver com aquilo?

— Mãe, que negócio é esse que você está escutando?

— É uma meditação para atrair a abundância, Talita.

Ela inspirou com tanta força ao responder que tive medo de que batesse o carro.

Mais um semáforo. Dei uma olhada pela janela. Do nada, vi Poli Pamela no carro ao lado. Minha mão começou a se agitar, dando um tchau meio afobado. Eu queria *tanto* que ela me visse.

Nossos olhares finalmente se cruzaram. Dei tchau de novo. Poli virou o rosto na hora, muito séria.

O sinal abriu.

— Mãe, a gente tem que chegar na escola junto com aquele carro.

... para que você possa seguir na direção daquilo que intui e acredita.

Desliguei o som. Aquela voz estava mantendo minha mãe calma demais, e eu precisava da tensão de sempre se queria que ela enfiasse o pé no acelerador.

— Talita, quem deixou você desligar a minha meditação, Talita? — repreendeu minha mãe. — Se a gente não atrair abundância, não tem viagem no ano que vem.

— Mãe, é o carro da Poli! Você está se afastando dele!

— Você acha que está numa viatura de polícia, Talita? — respondeu ela, mas já estava acelerando.

Eu e Poli chegamos juntas à escola. Gritei um "obrigada, mãe" para me despedir, e ela berrou pela janela:

— Talita, cuidado na hora de atravessar essa rua, Talita! Talita, pelo amor de Deus, Talita!

Corri para alcançar a Poli na entrada do colégio.

— Oi, Poli! — cumprimentei, minha respiração completamente descompassada. — Sei que você ainda está brava comigo. Por favor, me desculpe por tudo que eu escrevi. Nunca imaginei que uma coisa daquelas ia viralizar. Eu queria que você soubesse que estou muito, muito arrependida por ter escrito aquelas coisas.

— Não fala comigo. Sério.

Caramba. A Poli tinha *rosnado*?

— Eu só postei dois por enquanto — prossegui —, mas você viu os meus ví…

Ela me interrompeu, a mágoa estampada no rosto.

— Me esquece, Talita! — exclamou, já se afastando de mim.

Será que ela nunca ia me perdoar?

— Caramba, a garota está brava de verdade — comentou alguém.

Era Violeta, comendo um biscoito recheado de morango. Aquele cheiro me lembrou a fábrica de doces. O caos olfativo tinha desaparecido…

— Esse biscoito é da fábrica aqui do lado?

— Não, não. A fábrica fechou. A diretora passou em todas as salas contando sobre isso ontem, de tão feliz que ficou com a notícia. Você não lembra?

Eu *de fato* não me lembrava disso e me espantei com a notícia, mas a verdade é que, mesmo se tivessem anunciado que o mundo havia sido tomado por uma raça alienígena, a informação passaria despercebida por mim, já que eu não tinha prestado atenção a nada que tinha saído da boca dos professores naquele dia. Minha cabeça só pensava em Tae, Tae, Tae.

O sinal tocou, e fomos para a sala. Era impressionante como o tempo demorava a passar quando você tinha assuntos pendentes para tratar com a garota e o garoto que você tinha magoado.

Quando o intervalo finalmente chegou, a ideia era procurar Taê no corredor e rastejar, se fosse necessário, para que voltássemos a nos falar direito. Mas Gustavo me encontrou primeiro.

— O pingente ficou legal?

Com delicadeza, Gustavo colocou meu cabelo para trás, os olhos em busca do pingente. Agora que eu não tinha mais planos de beijá-lo, ver sua boca tão perto da minha me deixou nervosa.

— Então, Gustavo, preciso conversar com você... É que...

Dei um discreto passinho para trás, para que a respiração dele não roçasse mais minha pele.

— É sobre a Festa de Inverno?

Rota de fuga, rota de fuga.

— É... Então... Desculpa, desculpa mesmo. Mas não posso ir com você. Nem com ninguém. Eu não vou. Desculpa. — As palavras saíram atropeladas. — Por favor, não fica triste comigo, é só que...

— Se você não queria ir à festa comigo, podia ter dito, Talita.

Lá estava ela, a decepção, bem no meio do rosto do garoto que dias atrás era tudo para mim. É, eu tinha magoado mais uma pessoa. Eu sabia que não era legal recusar o convite dele a poucos dias da festa, mas não podia mais continuar com aquela mentira. Era melhor ser sincera.

— Eu queria ir com você, de verdade, mas aí tanta coisa aconteceu, eu machuquei tantas pessoas que são importantes para mim... Tudo porque estava focada demais em ter pena de mim mesma. — Peguei a caixinha de veludo na mochila e olhei para ela por um instante. Fui mais honesta com Gustavo do que havia planejado. — Eu pensei que estivesse apaixonada por você, por causa do que você fez na festa do ano passado. Ninguém nunca tinha sido tão atencioso comigo. — Sorri para a caixinha e, então, a devolvi para ele. — Mas como eu poderia ter me apaixonado por você se eu nem sabia quem eu era?

Gustavo me olhou com tristeza e aceitou o presente de volta.

— Então é isso? Você só não vai?

— Não sei direito ainda. Mas não posso ir com você. Não é justo. Estou tentando fazer a coisa certa porque gosto muito de você... mas como amigo.

O garoto estava paralisado, e torci para ele não começar a chorar. Eu não queria ser a vilã dessa história, mas acho que não tinha jeito. Estava me sentindo muito mal, e também aliviada. Eu sabia que era o melhor para mim e para ele.

— Eu... eu... gosto de outra pessoa — acrescentei. — E quero que você curta a festa com alguém legal, por isso achei melhor abrir o jogo com você.

O suspiro triste que ele deu mostrava como estava chateado. Mesmo assim, Gustavo sorriu.

— Eu acho você incrível, Talita, de verdade. — Ele me deu um beijo na bochecha. — Agora preciso parar e tentar entender tudo que aconteceu, mas talvez um dia isso passe. E, quando esse dia chegar, vou adorar ser seu amigo.

Abracei Gustavo com um misto de gratidão e carinho. Só então me dei conta de que estava respirando de novo. Era bom respirar. Ainda mais depois de ter conseguido ser verdadeira com uma pessoa de quem gostava tanto. E é claro que, bem nessa hora...

Drogaaaa! Tae! Ele tinha visto a gente. DE NOVO. Estava encostado na parede do corredor, umas duas salas para trás, com os fones de ouvido e a bota de montanhismo. Quando nossos olhares se encontraram, eu ainda estava abraçada ao Gustavo. Soltei-o imediatamente, ainda olhando para Tae, esperançosa, com fé de que havia entendido que eu tinha dado um fora no outro garoto (não que eu me orgulhasse disso!). Mas ele apenas... colocou o capuz... e saiu andando.

Sério? SÉRIO MESMO? Eu tinha acabado de colocar um ponto-final no que quer que existisse entre mim e Gustavo, e Tae havia entendido exatamente o OPOSTO? Minha nossa, mas que carma era aquele? Eu estava destinada a não dar UMA DENTRO com o cara por quem eu estava apaixonada?

Adoraria dizer que, depois disso, algo diferente aconteceu, mas Poli continuou me ignorando no dia seguinte, e no outro também. Gravei outros vídeos e postei à tarde, mas nada. Tae não se aproximava de mim, Gustavo praticamente saía correndo quando me via.

Não vou mentir, eu andava meio pra baixo.

Então chegou o final de semana. E, com ele, a Festa de Inverno.

15

EU TINHA FALADO PARA O GUSTAVO QUE NÃO PRETENDIA IR à Festa de Inverno. Pois é, o plano inicial era esse mesmo.

Só que... eu *não conseguia* pensar em outra coisa. Para piorar, Violeta e Aurora insistiram muito para que eu fosse, dizendo que a vida não parava porque os problemas apareciam e que eu merecia pelo menos me divertir com as minhas amigas depois de tanto caos.

Sentada no meu quarto, com meu vestido preto de manga comprida e gola alta, uma maquiagem bem natural e sapatos confortáveis, posicionei o celular na mesa para tentar gravar talvez meu último vídeo sobre Poli Pamela.

Era tanta gente aborrecida comigo, e tantas outras que eu ainda aborreceria ao longo da vida, que às vezes me perguntava se valia mesmo a pena todo aquele esforço para me desculpar.

Respirei fundo e liguei a câmera. Eu não ia desistir. No fim das contas, eu devia isso a mim mesma e a todos que eu tinha machucado.

— Oi, gente! Chegou finalmente o dia da Festa de Inverno! Já gravei alguns vídeos por aqui, e, olha só, até agora não consegui resolver as coisas com a Poli. Como todos vocês, meus maravilhosos e fiéis vinte e um seguidores, têm acompanhado, acho que continuo não sendo uma pessoa lá muito admirável. Mas pelo menos aprendi muito. *Yay!* — Balancei pompons invisíveis, sem nenhuma empolgação. — Pelo que percebi, acho que nunca estarei pronta. Nem para ser uma amiga perfeita, nem para ser uma filha perfeita, nem para ser... perfeita em nada. Mas prometo aprender com os meus erros e não repeti-los. Prometo só cometer erros novos. Brincadeirinhaaa! — exclamei. Ok, era isso. Esse era o último TikTok. — Ah, Poli, se você estiver vendo isso e um dia me desculpar, eu ia adorar ser sua amiga. — Minha cara estava colada na câmera, as bochechas começando a ficar vermelhas. Eu definitivamente não tinha nascido para isso. — Eu ADORO você, Poli.

Postei o vídeo daquele jeito mesmo e em seguida fui correndo até a minha mãe, gritando que estava na hora de ir para a festa.

No carro, a caminho da escola, minha mãe dirigia com uma calma fajuta, que, eu sabia bem, era a tentativa dela de disfarçar a preocupação de sempre. Do nada começou a me dar dicas sobre como detectar drogas em bebidas sem álcool e sobre... sexo seguro. Eu só torci para o tempo passar voando, mas ali no carro, lidando com as tagarelices da minha mãe, percebi como eu a amava. Quando entendi nossas diferenças e aceitei quem ela era, tudo ficou muito mais fácil.

Assim que desci do carro e me dirigi à quadra onde aconteceria a festa, eu o vi: Gustavo.

Pois é, que quebra de expectativa.

Nós nos encontramos bem na entrada da festa.

Oi, azar? Será que dava para descolar do meu pé e ir perturbar outra pessoa? Grata.

— Você está linda, Talita — comentou ele.

A alegria de Gustavo em me ver quase me convenceu de que a gente não havia tido aquela conversa cheia de verdades dolorosas.

Obrigada? O que mais eu poderia dizer?

— Minha mãe ajudou com a maquiagem — respondi.

Ele riu do comentário aleatório, percebendo meu desconforto. Sem jeito, pigarreou e falou:

— Olha, sei que as coisas não saíram como a gente gostaria, mas prometo que vou ficar bem. Obrigado por ter sido sincera. De verdade.

— Jura que você vai ficar bem? — falei, e meu alívio era genuíno. Eu gostava dele, e me torturaria pelo resto da vida se soubesse que tinha machucado aquele coraçãozinho nerd. — Obrigada por ser tão compreensivo. E por ser tão legal.

Acho que fiquei animada e confusa com a situação, porque continuava esperando que ele fosse brigar comigo, que fosse ficar bravo. Em vez disso, Gustavo apenas sorriu, estendeu a mão para apertar a minha e seguiu sozinho para dentro da festa, para encontrar os amigos. Estava tudo bem entre a gente, enfim. Pelo menos uma coisa tinha dado certo na minha vida. Assim que nos despedimos, eu me virei para trás e vi Tae chegando à festa.

Fiquei sem reação, pensei em torcer para que ele não tivesse me visto com Gustavo, mas aí desisti. A verdade é que nada poderia piorar o que já estava tão ruim. O que a gente precisava mesmo era conversar.

Aliás, eu não fazia ideia de como ia conseguir expressar qualquer coisa com sentido ali de frente para ele, tão lindo naquela droga de jeans rasgado. Aquele maldito blazer preto por cima da camiseta branca idiota o deixava ainda mais estiloso. Era a primeira vez em séculos que ele não estava de moletom.

Ah, sim. Ali estava ela, a cereja do meu bolo de crush com cobertura de apaixonadinha: as perturbadoras botas de montanhismo.

O que eu estava fazendo da minha vida? Por que eu não conseguia tomar coragem e ir logo atrás dele?

Senti um aperto no peito e um nó na garganta. Ia chorar a qualquer momento. Fechei os olhos e tentei reorganizar minha mente. Olhei ao redor para me situar e vi Violeta dançando, animada, com o menino que a havia convidado para a festa. Ela acenou de longe, e eu sorri. Também vi Aurora, cercada por outras meninas, falando com as mãos apontadas para o alto, certamente explicando algo sobre os arcanos maiores do tarô ou o que acontecia quando Mercúrio estava retrógrado.

Perdi Tae de vista. Comecei a procurá-lo, meus olhos percorrendo o lugar como um scanner. Ele não estava em lugar nenhum. Aonde aquele garoto lindo tinha ido?

Corri para fora da quadra. Ele também não estava lá. Meu coração se despedaçou.

Fui até o estacionamento, andando bem devagar. O ar fresco da noite ajudou a me acalmar. Olhei para o céu, pensativa. Meu celular tocou com uma notificação.

Era uma mensagem da Poli.

> Onde você está? Estou te procurando aqui na festa.

Meu coração disparou. Respondi:

> Etsou aqiu foea!

Bom, ela deve ter conseguido decifrar minha digitação nervosa, porque, em poucos minutos, avistei um ponto lilás vindo na minha direção, quase correndo. Poli estava deslumbrante com seu vestido com saia de tule, cabelo esvoaçando ao vento, o sapato quase ficando para trás. Parecia uma cena de filme.

Mas, em vez de saltar para os meus braços, emocionada, ela parou e ficou em silêncio, me encarando. Arrastou a ponta do sapato no chão, soltou um "é..." e cruzou os braços, parecendo querer esconder o que ainda nem tinha me dito.

— Que vestido legal... — falei, tentando puxar assunto e ganhar tempo, na esperança de impedir meu coração de pular para fora da boca.

— Ah, obrigada — respondeu Poli, dando batidinhas na saia de fru-fru. — Eu adoro esse vestido.

— Legal...

— É...

Silêncio. Talvez eu devesse elogiar os sapatos também...

— Eu vi os vídeos que você fez — disparou Poli, interrompendo meus pensamentos. — Todos eles.

— Você viu? — falei, minhas mãos se contorcendo de tanto nervosismo.

Tentei decifrar se ela ter visto os vídeos era bom ou ruim, porque Poli apenas continuava movendo o pé no chão, sem olhar para mim.

— Eu não sabia que você estava fazendo isso há vários dias. Só descobri os vídeos ontem — contou ela. — Me afastei um pouco das redes sociais.

Pensei que havia me acalmado, mas meu coração deu uma leve acelerada, dessa vez motivado pela esperança de que Poli estivesse finalmente baixando a guarda.

— Ah, pois é. Eu queria me desculpar do jeito certo... para todo mundo ver. Não queria me esconder atrás de um

fake dessa vez — expliquei. E, tomando coragem, acrescentei:
— E queria ser sua amiga, Poli. Se você ainda quiser... claro.

O bico de chateação da garota começou a tremer e se desfez, e uma lágrima escorreu pelo rosto dela. Em seguida, Poli simplesmente me abraçou e disse:

— Eu amei os vídeos, Talita. Especialmente o último. Sempre gostei de você, te achava divertida e inteligente... Aquele vídeo do seu tênis vomitado... Eu pensei que você não tivesse ligado. Você podia ter dito alguma coisa, sabe? Não entendi nada quando você falou mal de mim. Fiquei muito triste.

O alívio me deixou zonza. De felicidade. Soltei uma risada meio boba, dando tapinhas carinhosos nas costas de Poli para acalmá-la.

— Eu também não sou perfeita — disse Poli, ainda abraçada a mim. — E não ligo que você não seja. — Ela afastou o rosto, e os cílios postiços no olho direito se mexeram, grudando na parte de cima da pálpebra. — Vi e repostei todos os vídeos. Os polers com certeza vão ver.

— Obrigada por ter me perdoado, Poli — respondi, mas não me aguentei: tive que ajeitar os cílios. — Então... amigas?

— Claro! — Ela deu um gritinho animado. — Será que a gente pode gravar um vídeo juntas? Que tal uma conversa sobre ódio na internet?

A verdadeira Poli estava de volta: tagarela, agitada, feliz.

— Claro. É o mínimo que eu posso fazer — falei.

Ela deu outro gritinho de felicidade e me puxou pela mão de volta até a quadra. Nesse meio-tempo em que eu e ela finalmente fazíamos as pazes, mais e mais alunos haviam chegado, e a festa estava bem cheia. Poli me deu um tchauzinho e foi para a pista de dança procurar os amigos.

Decidi esperar um pouco antes de me juntar a Violeta e Aurora. Sozinha ali naquele canto da quadra, a exaustão dos últimos dias se abateu sobre mim. Eu me vi sozinha, um pouco perdida. Será que um dia eu deixaria de meter os pés pelas mãos? Será que um dia eu conseguiria deixar de ser tão dram...

— Estava te procurando. Ninguém sabia onde você estava.

Na mesma hora soube quem era o dono daquela voz que mexia com cada poro da minha pele.

Tae, Tae, Tae.

Ele parecia meio tímido, passando a mão no cabelo. Os anéis prateados e grossos que usava refletiram as luzes azuis da festa.

— Eu estava lá fora, conversando com a Poli — expliquei.

Meu cabelo estava decente? Ai, nossa. Eu devia ter checado isso, e a maquiagem, e a roupa também, principalmente depois de ter ficado em meio ao vento do estacionamento e de ter andado rápido com Poli para retornar à festa. Droga, Tae estava muito gato, muito mesmo, e eu devia estar toda desgrenhada, depri...

— Assisti aos seus vídeos — disparou ele, interrompendo minhas divagações sobre minha possível desordem estética.

— Olha... Tae... — comecei. — Antes de tudo, eu queria te pedir desculpas pelas coisas que falei de você, do seu jeito, do seu país. Foi ridículo e insensível da minha parte. Eu fico nervosa e saio falando besteira.

— Foi o que você disse no seu vídeo, não foi? Que os seus erros fazem você querer acertar?

Assenti, com o coração cheio de esperança.

Olhei para as argolinhas de Tae (tinha me esquecido delas de novo!) e sorri, mas baixei a cabeça em seguida. Eu estava envergonhada por tudo que tinha acontecido, e o nó na minha garganta não me deixou falar mais nada.

— Você... está sozinha? — perguntou Tae.

— Sim. Estou sozinha. Quer dizer, Violeta e Aurora estão por aí, mas... sozinha. Supersozinha. Sozinha mesmo. Nunca estive tão sozinha em toda a minha vida.

— E o Gustavo? — Tae encarava minha boca. — Eu reparei que vocês ficaram bem próximos nos últimos dias.

— Amigos. — Não, não, não. — Amigos, totalmente amigos. A-mi-*gos*. — O beicinho que fiz na última sílaba fez Tae deslizar a língua pelos lábios. — Você... você está bravo comigo?

— Eu queria conversar.

— Eu também.

— Quer ir para um lugar mais silencioso? — sugeriu ele.

Fiz que sim com a cabeça, porque, ao que parecia, eu tinha esquecido todas as palavras da língua portuguesa.

Tae entrelaçou os dedos nos meus. Andamos para fora da festa. Fomos até o pátio da escola, que estava deserto, e me recostei numa pilastra, com as mãos atrás das costas, esperando, torcendo, vibrando.

Aquele olhar e aqueles lábios aumentaram a temperatura dentro de mim, porque me lembrei dos nossos beijos. Eu precisava agir, precisava ser verdadeira e corajosa.

— A prova — falei, sem pensar muito.

— Que prova? — retrucou ele, desconfiado. — A de Artes? Eu passei, ué.

— Não, não, a minha. — Eu estava hipnotizada pelos lábios dele. — Eu não tive prova. Não sei se fui aprovada no fim das contas.

Tae chegou bem perto, e seu corpo grudou em mim feito ímã. Então disse, a voz quase um sussurro:

— Eu disse que você tinha ido bem... — murmurou no meu ouvido.

— Talvez uma aula de revisão para garantir que aprendi tudo certinho, então? — sugeri.

Minhas mãos estavam acariciando o pescoço dele? Quando eu tinha ficado tão audaciosa?

Tae sorriu. Mas era um sorriso novo, que dizia: "Você duvida que vou te dar um beijo agora?"

— Você só quer uma revisão? E depois, *Ippeun*?

— Ahhhhh! Essa palavra ficou morando na minha cabeça! E você estava todo irritadinho. — Meus dedos mexiam no brinco de argola. — Quer me beijar ou me xingar?

— Xingar? Você não sabe o que é *Ippeun*, né? — perguntou ele.

— Claro que não. Eu não sei nenhuma palavra em coreano.

— Significa "linda" — explicou Tae, dando um sorrisinho.

— Ah... — Fiquei boquiaberta. — Então quer dizer que...

— Sempre — respondeu ele.

— Sempre? — questionei, incrédula.

— Sempre — repetiu ele, ainda mais firme.

— E a minha revisão?

Ele ficou sério e afastou uma mecha de cabelo do meu rosto.

— Por que não me diz o que realmente quer dizer, Talita?

Mordi o lábio. A frase que até então eu havia apenas pensado e sentido ardeu na minha garganta. Tae me olhava intensamente, sedento para ouvir o que eu estava prestes a dizer. Eu estava tão ansiosa quanto ele. Não queria gaguejar. Não queria mais ter medo. Eu queria...

— Eu gosto de você — falei de uma vez.

— Fala de novo? — pediu ele, segurando meu rosto, o olhar fixo na minha boca.

— Eu gosto de você, Tae — murmurei, segurando com força a camiseta por baixo do blazer dele.

— Eu também gosto de você, Talita — respondeu Tae, deslizando o polegar pelos meus lábios.

Então ele aproximou o rosto do meu e me beijou. Então, no meio do beijo, deslizou a mão pelo meu braço direito até sua mão encontrar a minha. E entrelaçou os dedos nos meus.

♥ ♥ ♥

Quando nós dois voltamos para a festa, Violeta e Aurora nos olharam de longe, sorrindo. Tae e eu dançamos, conversamos e nos beijamos a noite toda.

Na hora de ir embora, Tae e eu demoramos a nos despedir. Combinamos de nos ver no dia seguinte e, antes de entrar no carro do pai, que tinha ido buscá-lo, ele me beijou e segurou minha mão.

— As meninas vão dormir na sua casa? — perguntou, fazendo carinho na palma da minha mão com o polegar.

— Vão, sim. — Minha voz estava tão melosa.

— Você me manda uma mensagem quando chegar? — pediu ele.

— Mando. Pode deixar — respondi, com um sorrisinho.

— Até amanhã, *Ippeun*.

Tae entrou no carro. O pai dele sorriu, todo simpático, e fez um sinal com a cabeça. Respondi com um tchauzinho tímido.

— O pai dele deu tchau pra você? — perguntou Violeta, se aproximando e me empurrando pelo braço. — Parece que é sério, hein?!

— Olha, não quero ser otimista demais, mas acho que sim — concordei.

— É, talvez estejamos diante de uma paixão predestinada pelos astros. Você pode perguntar a cidade, o dia e a hora de nascimento dele, e aí a gente tira um tarozinho na sua casa! Acho que vocês combinam muito! — exclamou ela, dando pulinhos. — Ah, e a gente bem que podia comer lá, já que a festa não tinha quase nada. Rola um lanchinho? — perguntou Aurora.

Até rolava, mas não era para lá que eu estava pensando em levar minhas amigas.

Peguei o celular e abri a lista de contatos, procurando o número certo. Hesitei. Eu estava improvisando. *Por que* eu estava improvisando?

— Eu comeria uma pizza — sugeriu Aurora.

— De atum? — disse Violeta, os olhos brilhando de euforia.

— De *atum*? Sério? — questionou a outra, com nojinho.

Eu estava improvisando porque... porque talvez essa agora fosse eu! A garota que arrisca, que segue o coração.

Tá, talvez eu ainda não fosse totalmente essa pessoa, mas podia continuar sendo corajosa, não podia?

— Atum nem sob ameaça de uma faca — rebateu Aurora. — Credo, tanta coisa gostosa para comer e você me vem com essa...

— Califórnia, então? — sugeriu Violeta, com um enorme sorriso.

Cliquei em um nome na tela e ouvi os toques. Ele atendeu.

— Talita?! Filha, o que houve? Você está bem? Hoje não era a sua festa da escola?

— Oi, pai. Sim, então... — Respirei fundo antes de seguir em frente: — É, bem, desculpa por ligar a essa hora. Estou aqui na festa e de repente senti muita saudade de você. Eu e minhas amigas vamos chamar um carro de aplicativo para ir embora, e pensei que seria legal dormir na sua casa hoje. Será que nós três poderíamos ficar aí?

Deu para ouvir o sorriso do meu pai, juro.

— Não precisa chamar o carro de aplicativo, filha. Estou indo buscar vocês agora mesmo.

— Ah, obrigada mesmo, pai! E tem mais uma coisinha: a gente está com vontade de comer pizza... Pode ser?

— ATUM! — gritou Violeta.

— Não! Não! Por favor! Eu imploro! — disse Aurora, fazendo voz de choro.

— Chego aí já, já. Vocês me esperam aí, tá bom, filha?

A voz amorosa do meu pai me deixou um pouco sem jeito, mas fez com que eu me sentisse segura.

Desliguei e me preparei para mediar aquela discussão sobre atum. Rindo das bobeiras das minhas amigas, fiquei pensando que finalmente tudo parecia no lugar certo. Meu final feliz tinha chegado? Quem diria?! Bem, acho que dava para lidar com isso. Não era tão difícil assim. Pelo menos não na nova vida incrível que eu tinha pela frente.

AGRADECIMENTOS

ESCREVER UM LIVRO, PARA MIM, É SEMPRE COMO CAMInhar por um vale que pode ser surpreendente, mas também assustador. Há dias de incerteza, outros de pura clareza, e cada um desses instantes exige de mim coragem para seguir, como se as palavras não pudessem apenas ser escritas, mas precisassem ser conquistadas. Uma a uma.

E, nessa jornada, quem me desperta essa coragem todas as vezes é a minha amada agente literária. Alba, esse livro é tão seu quanto meu. Esses personagens só existiram porque você esteve lá comigo, nos dias de sol e nos de céu fechado. Acho que nunca vou conseguir agradecer o suficiente por ter você ao meu lado. Você me faz uma autora melhor, a cada manuscrito que construímos juntas.

E a você, que terminou esta história junto comigo, meu mais profundo carinho e agradecimento. Espero que a trajetória da Talita tenha mudado você, como certamente mudou a mim.

E que a voz da Violeta esteja sempre com você.

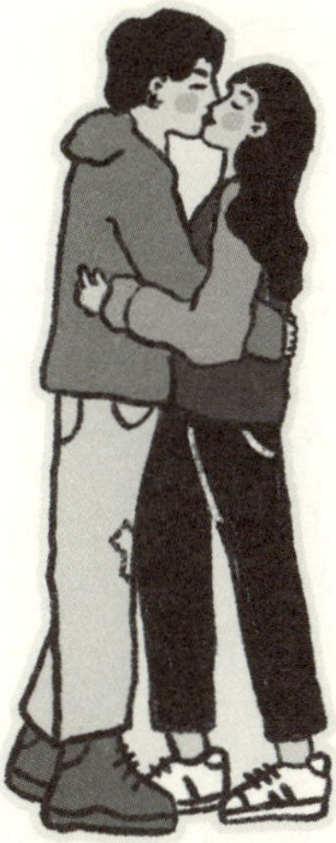

- intrinseca.com.br
- @intrinseca
- editoraintrinseca
- @intrinseca
- @editoraintrinseca
- editoraintrinseca

1ª edição	AGOSTO DE 2024
impressão	SANTA MARTA
papel de miolo	LUX CREAM 70 G/M²
papel de capa	CARTÃO SUPREMO ALTA ALVURA 250 G/M²
tipografia	ADOBE GARAMOND PRO